왜 글은 쓴다고 해가지고

백가흠
산문

왜 글은 쓴다고 해가지고

ㄴㄴ ㄷㄴ

작가
의
말

여름, 중학생이었나, 자전거를 타고 집으로 돌아가던 길, 무심코 돌아본 풍경에 가던 길을 멈추었습니다. 해가 막 땅속으로 꺼지기 전 지평선에 아슬아슬 걸쳐져 있었는데 그 풍광이 참 아름다우면서 슬펐습니다. 자전거를 세우고 고개를 돌려 그 풍경을 바라보며 해가 사라질 때까지 한참을 서 있었습니다.

처음으로 멀리, 아주 멀리까지 가보고 싶다고 생각했습니다. 해 지는 쪽에는 뭐가 있을까. 나는 그쪽에 가닿을 수 있으려나 헤아려보기도 했습니다만, 해가 가라앉고 붉은빛에서 보랏빛으로 멍든 하늘을 바라보자 마음은 어느새 제자리로 돌아왔습니다. 가던 길로 발걸음을 돌렸습니다.

열심히 페달을 굴러 바람을 가르며 집으로 돌아오니 어머니가 소박한 저녁을 차려놓고 기다리고 있었습니다. 하루 있었던 일을 조잘대던 어린 동생들, 하루의 피로감을 감추고 마주앉은 아버지, 소소한 행복의 멋쩍음을 잔소리로 대신하는 어머니, 그리고 내가 밥상에 둘러앉아 하루를 먹었습니다. 저물어가는 저녁, 일상의 일상, 이젠 기억 속에 희미한 빛깔로만 남은 정경들.

이곳에 부려놓은 글들은 작가가 된 이후 해 지는 쪽으로 한번 아주 멀리까지 가보고 싶은 마음이 들 때마다 가던 길로 돌아와 마주앉은 문학의 저녁이고 일상입니다. 특별한 것 없지만, 없으면 안 되었던 순간에 대한 기억입니다. 가장 소중한 찰나를 향해 온 힘을 다해 전속력으로 페달을 굴렸던 한 시절의 다짐입니다.

출판사 난다에 머리 숙여 감사드립니다. 변변찮은 글임에도 근사한 책으로 만들어준 유성원 에디터와 김민정 시인께 감사와 축복을!

2024년 여름 대구
백가흠

차례

1부

나는 작가가 안 됐으면 목수가 되려고 했다

사랑하기 때문에、쓴다

1.

아무것도 이해되지 않던 시절이 있었다. '왜?'에 대한 물음만 있지 도무지 답을 찾을 수 없던 시절이었다. 조금은 염세적이고 비관적인 시간들, 모든 게 마음에 들지 않고 속은 꼬일 대로 꼬여 매듭을 어떻게 풀어야만 하는지 모른 채 하얗게 젊은 날은 흘러가고 있었다. 가끔 책을 읽고 시 같은 것을 적기도 했으나 읽을 수는 없는, 내가 쓰는 게 뭔지 모르겠어서 더욱 궁금한 시절이었다. 시골이 고향인 나는 학교에서만 지냈어야 했는데 매일 쓸쓸했다. 수업을 마치면 어딘가 갈 곳이 있는 친구들이 부러웠다. 서울로 향하는 스쿨버스를 놓칠까 노심초사하는 친구들을 붙잡고 술을 마시자고 조른 게 여러 번이었다. 딱히 할일도 없고 열정도 없던 시간을 한 대학의 제2캠퍼스가 있는 용인에서 보냈다. 열심히 놀았다. 뭔가 내 안에 있는 체했으며 거짓으로 살았다. 아무것도 중요한 일이 없었음에도 언제나 심각했고, 진짜 숨기고 싶은 일들이 쌓여만 갔다. 솔직하면 손해 본다고 믿었다. 사랑해도 사랑하지 않는 체했고 싫어해도 좋아하는 척했다. 그런 것을 배웠다. 입대하기 위해 이 년 만에 학교를 벗어났지만 나는 여전히 학교 주변을 맴돌았다. 갈 곳이 없기 때문이었다.

2.

창피했던 한순간이 떠오른다. 초등학교 삼학년 때인가, 초겨울 체육시간에 이어달리기를 했었다. 그때도 나는 공부가 시원찮았다. 친구들에게 별 인기도 없었다. 유일하게 달리기를 잘했으나, 지금도 운동장을 돌며 맞던 차가운 공기가 생생하다. 운동장을 열심히 뛰었는데 친구들이 나를 놀렸다. 추위 때문에 챙겨 입은 내복이 바짓단 밑으로 모두 밀려나와 있었다. 내게는 엄청 큰 내복을 입고 있었는데, 아무리 추슬러도 바지

안으로 내복을 감출 수 없었다. 나는 마치 장화를 신은 사람 같았다. 창피했다. 마치 아빠 내복을 입은 것 같아 부끄러워서 집으로 돌아오자마자 현관에 신발주머니를 집어던졌다. 다음 체육시간이 있던 날 나는, 그 큰 내복을 엄마 몰래 벗어두고 학교에 가서 온종일 덜덜 떨었다. 점심시간에 엄마가 내복을 챙겨 들고 찾아왔다. 추우니 얼른 입으라는 엄마를 피해 나는 달아났다. 종종 떠오르는 이 에피소드를 나는 좀체 이해할 수 없다. 엄마를 피해 왜 운동장을 돌았을까.

3.

중학생 때 나는 확실하게 중2병을 앓았다. 짝사랑하게 된 여학생도 생겼고 몰래 머리에 무스를 바르고 롤러스케이트장에 가기도 했었다. 물론 골목길에서 깡패들을 만나 신나게 얻어맞은 날도 많았다. 깡패들에게 줄 돈이 있으면 좋겠다고 생각했다. 어느 날은 집 앞에서 얻어터졌다. 집에 오니 그제야 분했다. 나를 무자비하게 두들겨 팼던 그가 나보다 덩치도 작고 키도 작았다는 것이 떠올랐다. 나는 용기를 내어 신발끈을 질끈 묶고 그놈을 만났던 곳으로 천천히 가보았다. 빈 담벼락이 나를 맞았다. 그의 그림자가 있는 것도 같았다. 나는 속으로 다행인 줄 알아라, 나와 마주쳤으면…… 연신 중얼거렸다. 이소룡 영화를 보고 연마한 뒤돌려차기를 보여줄 생각이었다. 그런데 이상하게도 집으로 돌아오는 길, 그와 다른 장소에서 만날까 가슴이 두근거렸다. 그때 보았던 그가 서 있었던 빈 그 담벼락이 가끔, 아주 자주 생각난다.

4.

돌아가신 할아버지와 단둘이 전주에 간 적이 있다. 왜인지는 모르겠는데 그러니까 엄마도 아버지도 아니고 할아버지가 나를 데리고 전주예수병원에 간 적이 있다. 지금도 마찬가지인데 오른손검지에 이상이 있었고 그것 때문에 나를 병원에 데리고 갔다. 많은 이야기를 할아버지가 했는데 기억나는 것은 별로 없다. 하나만 빼고 말이다. 전주 용머리고개를 넘어가던 때, 할아버지가 신흥고등학교를 가리키며 자기가 어렸을 적 다닌 학교라고 했다. 거기는 아버지가 선생으로 있던 곳이었다. 할아버지는 신흥학교 다닐 때 처음 교회에 간 이야기를 해주었다. 지금까지 잊지 않고 있다. 할아버지에게서 아버지로 아버지에게서 나로 내려오는 어떤 신비하고 신기한 힘에 대한 근원.

5.

나는 작가가 안 됐으면 목수가 되려고 했다.

6.

대학 때 사귄 같은 과 여자친구는 똑똑했다. 내가 시라는 것을 처음 배우고 소설이 뭔지 몰라서 겉멋에 잔뜩 취해 있을 때 그녀는 가브리엘 가르시아 마르케스를 읽고 말라르메의 시를 좋아했다. 특이했던 그녀의 이름을 지면에서 본 적 없으니 글을 쓰지는 않는 모양인데 (96년 이후로는 보지 못했다.) 가끔 나는 그녀 대신 내가 작가가 되고 글을 쓰는 게 아닌지 곰곰 생각에 잠길 때가 있다. 그녀뿐만 아니라 글을 써야만 하는 그 많은 친구들은 뭘 하는지 궁금해진다. 제일 모자라고 재능도 없는 내가 글을 쓴다는 게 이해되지 않는다. 내가 제일 미련했던 것이 아닌가, 그렇다. 이 미련함을 어디에 미룰 수 없으니 이렇게 산다.

7.

아버지와 어머니가 얼마 전 내가 사는 대구를 다녀갔다. 이상하게도 이제는 셋이 마주앉으면 쑥스러움이 늘어난다. 아버지도 어머니도 더 많이 늙고 나도 점점 늙는 것을 서로 느끼기 때문인가. 잊을 수 없는 아버지의 뒷모습이 있는데 대학에 떨어지고 서울로 재수를 하러 올 때였다. 짐보따리를 아버지와 나누어 들고 면목동의 큰아버지 댁으로 향했다. 서울역에서 지하철을 타고 청량리역에서 내려 55-2번 버스를 탔다. 흔들리는 버스에서 균형을 잡으려 아버지도 나도 애를 썼다. 큰댁에 도착했을 무렵엔 점심때였다. 아버지가 서둘러 돌아섰다. 나는 아버지를 배웅하려 따라나섰다. 면목동에서 강남고속버스터미널로 향하던 버스 안에서 아버지는 이런저런 어렸을 적 얘기를 했다. 내용은 다 잊었으나 느낌으로만 남은 막역하고 막연했던 어린 시절의 기억이었다. 아버지는 서둘러 고속버스에 올랐다. 해가 뉘엿뉘엿 지고 있었다. 돌아서던 아버지 뒷모습이 종종 생각난다. 지금도 그 모습이 선연한데 뭔가 처음으로 죄스러운 마음이 들었던 순간이었다. 고작 대학 떨어진 것인데 마음이 그랬다. 처음 공부를 열심히 해야겠다고 마음먹었는데 신통치 않았다. 그래도 그 기억 때문에 대학이라도 들어갔으니 다행이다 싶다. 재수하고 대학 지원 원서를 쓰는 날, 아버지가 나를 불러놓고 얘기했다. 나는 변변치 않은 점수를 받아들고 집을 떠날 궁리만 하던 차였다. 전주를 벗어날 수 없을 것 같아 삼수를 해서라도 서울에 있는 아무 대학이라도 가야겠다고 마음먹고 있던 때였다. "글을 써보면 어떠냐. 내 보기에 재능도 좀 있는 것 같은데." 아버지가 말했다. 글을 쓰고 싶은 생각은 전혀 없었지만 서울로 간다는 생각에 망설일 이유가 없었다. 글을 쓰는 게 아주 힘들어지면 그때 아버지가 주었던 그 말을 상기하곤 한다. 아버지 보기에 재능이 있다면 찾아야 할 것. 뭔가를 쓸 때 그 정도면 자신감 충만하다.

8.

데뷔하면 모든 게 끝날 줄 알고 좋아했다. 남가좌동 옥탑방에서 동생 다흠과 둘이 살 때였는데 우린 부둥켜안고 방방 뛰었다. 그때가 좋았다. 그날 이후 나는 왜 글을 쓰는지 매순간 매일 묻지만 아직도 답을 얻지 못했다. 그냥, 써야 할 때 쓴다. 그게 다다.

9.

글을 쓰면서 가장 행복하고 좋은 일은 글 쓰는 좋은 친구(선후배)들을 얻었다는 것이고, 그다음으로는 글을 쓰려는 많은 학생을 알게 되었다는 것이다. 모두가 허물 많은 나를 좋아할 수는 없었겠지만 나로서는 그들에게 최선을 다했다. 감사하고 고마운 일이다. 나는 그게 문학의 숙명이라고 여긴다.

10.

첫 책을 출간하고 처음으로 우울증을 앓았다. 내가 무슨 짓을 저지른 것인가, 방에 틀어박혔다. 쓴다는 일의 의미는 무엇인가, 자문. 여름내 원주 토지문화관에서 말도 되지 않는 것을 끄적거리다 나왔다. 그곳에서 윤대녕 선생 등을 처음 만났다. 선험적인 작가의 경험은 항상 작은 것이라도 일깨움을 주었다. 작가이기 때문이라기보다 작가이고 싶은 시절이었다.

11.

모든 것이 내 뜻과는 반대로만 인생이 흘러가기 시작했다. 스물일곱 데뷔 이래 한 번도 뭔가 순탄한 적이 없었다. 삶은 언제나 고되고 글을 쓰기 위해 시간을 벌어야 했던 나는 일용직 아르바이트도 망설임 없이 나갔다. 주말 이른 새벽에 경복궁역 근처, 성심인력에 나가 일용직 일거리를 구하곤 했다. 글을 쓴다는 게 창피해서 인력사무소에서 물으면 학생이라고 답하곤 했다. 몰래 돈을 벌었고 대신 아무것도 하지 않고 소설만 쓸 수 있는 시간을 얻었다. 이후에는 학원에서 국어를 가르치기도 했고 대필을 닥치는 대로 했다. 책 한 권 분량의 원고를 한두 달 정도에 뽑아냈다. 대필이 들어오면 학원을 그만두었다. 받은 돈으로는 예닐곱 달을 버텼다. 그 무렵 두번째 소설집이 나왔지만 그래서 그런지 기쁘지 않았다. 실은 내가 준비한 것은 그때 모두 끝났다. 나는 소설을 써야겠다고 마음먹은 뒤 단편소설 두 권 분량 정도의 계획밖에는 없었다. 뭘 써야 하는지, 어떻게 해야 하는지 알지 못한 채 시간이 계속 흘렀다.

12.

한 문학출판사에 자리를 얻어 일주일에 이틀 나가기 시작했다. 위안이 되지 않았다. 인생에 있어 하지 말아야 될 일 천지지만 그건 정말 하지 말았어야 할 일이었다. 하지만 나는 이후에도 쉬지 않고 출판사 일을 병행해왔다. 생활은 전보다 나아졌지만 대신 세상에 대해 사회에 대해 더 염세적이 되어갔다. 불만과 자괴감은 극에 달했고 그러던 중 노무현 대통령이 죽었다. 광화문 노제에 갔고 그곳에서 하찮은 다짐일 수 있으나 내 맘대로 살겠다고 결심했다. 하지만 내 마음은 편협하고 나는 작았다. 내가 할 수 있는 일이 별로 없다는 게 자괴감을 더욱 키웠다. 시간강사 일을 하며 생활을 했다. 그러다 한 선생님이 내 이력서를 보더니 십 년 안 되는 시간 동안 내가 강의한 시간 수가 보통 교수들의 이십 육 년 치에 버금간다고 했다. 그 말을 듣고 강사 일을 그만두었다. 나는 지쳤고 실제로도 몸이 다 상해 있었다. 요양 차 강원도 영월에서 천명관 선배와 함께 지냈다. 아름답고 아련했던 강원도의 힘, 느낄 수 있었다.

13.

이젠 그만 써야겠다고 마음먹은 게 여러 번이었다. 가능하다면 지금껏 출간했던 책을 모두 절판시키고 어디 먼 나라로 가서 작은 식당이나 하는 게 꿈이 되어버렸다. 그렇게 굳게 결심하고 떠난 여행길에서 나는 또 뭔가를 쓰고 있었다. 제길, 빌어먹을, 이상한 팔자를 벗어날 수 없다는 것을 알았다.

14.

내 꿈은 그리스 크레타의 사람들(특히 한국 사람들!) 발길 잘 닿지 않는 곳에 일본 식당을 내고, 식당 테라스에 앉아 매일 허물어지는 석양에 온 맘과 온몸을 내던지는 것이다.

15.

살아온 모든 게 죄다. 작년 가을부터 스스로 교회에 나가기 시작했다. 자꾸 울고 싶어졌기 때문인데, 뭘 어떻게 해야 하는지 알 수 없었다. 어떻게 살아야 하는지 의문을 풀 수가 없었다. 뭔가를 쓴다는 것도 무엇을 읽는 것도 무의미했으나 신에게 자비를 비는 시간만큼은 반성과 후회를 정확히 읽어낼 수 있었다. 나의 존재 자체가 죄다. 그것만은 확실히 깨달을 수 있었다. 그렇다면 계속 글을 써도 될 것만 같았다.

16.

아직도 내 얼굴을 떠올리면 이십대의 어느 한 부분에 머물러 있다. 철이 없다, 지금도.

17.

이성복의 시를 좋아했다. 감성적이면서 때론 깊이 있고 멜랑콜리 안에도 품위가 있었다. 아직까지 싫어하는 소설가는 없다. 내게는 장점만 읽힌다. 내가 갖지 못한 것들을 가진 그들이 부럽다. 하지만 질투도 나지 않으니 나는 문학에 대한 열정이 부족한 것만 같다.

18.

아직까지 조그만 상도 하나 타지 못했다. 십 년 전쯤에는 '아, 나보고 그만 쓰라는 건가' 생각한 적도 있으나, 이제는 별 생각이 없다. 아주 오래전부터 내 소설이 얼마나 후진지 알게 되었기 때문이다. 그 수준을 맞추지 못한 것이니 내게는 아직도 기회가 있는 것이라고, 잘 써봐야지 그런 마음이 들다가도 불현듯 그만 하고 싶어진다. 왜 글은 쓴다고 해가지고, 이렇게 복잡하고 머리가 아픈지 모르겠다.

19.

어떤 일에 막히면 '돌이킬 수 없는 것들은 돌이킬 필요가 없는 것이어야 한다'(이인성, 『낯선 시간 속으로』)라는 문장을 되뇌곤 한다.

20.

왜 쓰냐면 이 모든 순간과 순간의 기억을 사랑하기 때문에, 쓴다.

21.

자주 죽는 순간을 상상한다. 곧일 수도 있고 나중일

수도 있겠으나 언제나 똑같은 감정은 자유롭다는 것이다. 상상할 때마다 나는 언젠가 보았던 그리스의 한 해변에 앉아 바닷속으로 침몰하는 태양을 바라보고 있다.

누가 나인가

눈을 감고 나를 찾는다. 감은 눈 속 선명하게 하얀빛 한가운데 무수한 검은 점들이 떠다닌다. 이마를 찡그리고 별처럼 흩어져 있는 나를 찾는다. 결국 나는 이렇듯 무수한 점으로밖에는 남지 못하는 것인가. 깨알같이 박혀 있는 나의 무리들을 향해 소리친다. 도대체 나는 누구냐고. 그렇게 무리지어 떠다니지 말고 앞으로 나와보라고 소리친다. 그러자 나 아닌 나가 감은 눈 속에서 희미하게 내게로 다가온다. 나는 움찔한다.

저 멀리 검은 점인가 싶더니 금세 나로 변하기 시작

한다. 무릎까지 내려오는 검은 코트의 깃을 세우고 뚜 벅뚜벅 나를 향해 다가온다. 무리지어 있던 검은 점들 이 눈부신 빛 속으로 자취를 감춘다.

나를 보고 있는 것도 나이고 나에게 다가오며 점점 비대해지는 그도 나이다. 얼굴이 보이기 시작한다. 그 러다가 내가 나에게 오기를 거부하고 우뚝 서서 나를 우두커니 쳐다본다. 또다른 나와 눈이 마주치자 나는 고개를 돌린다. 아뿔싸, 입이 없다. 말하기 좋아하는 내 가 입이 없다니. 놀라서 번쩍 눈을 뜬다.

눈을 뜨고 거울을 본다. 거울 안의 내가 나인가 거울 을 보고 있는 내가 나인가. 거울 안의 내가 거울을 보고 있는 나를 노려본다. 거울 밖의 나도 눈에 힘을 준다. 기싸움에서 지기라도 한다면 거울 안의 나이건 밖의 나 이건 둘 중 하나는 수증기처럼 증발해버릴 것만 같은 공포감이 밀려온다. 거울 안의 내가 거울 밖의 나에게 소리친다. 넌 내가 아니고 난 네가 아니라고. 거울 밖 의 내가 움찔하며 뒤로 물러나자 거울 안의 나는 더욱 더 경멸에 찬 눈길을 던지며 나에게서 멀어진다. 점점 서로의 내가 멀어질수록 나를 보며 경멸하기 좋아하는 나의 눈이 사라진다. 엷어지고 가늘어지더니 눈꺼풀은 붙어 떨어지지 않고 결국엔 흔적도 없이 사라져버린다. 거울 안의 나와 거울 밖의 나는 이제 서로 보지 못한다. 차라리 잘됐다 싶다. 서로 보지 않을 불멸의 시간에 거울 안의 나와 거울 밖의 나는 기뻐한다.

눈이 없어진 나는 그때부터 거짓말을 시작한다. 보지 않은 것을 본 것처럼 얘기한다. 보지 못하는 것은 오직 거울 안의 나이고, 거울 밖의 나는 여전히 모든 것을 보고 있다고 생각한다. 입이 없어진 내가 눈이 없어지고 입만 살아남은 나를 한심하다는 듯이 우두커니 쳐다본다. 눈은 없고 입만 남은 나는 말하지 못하면 본 것도 아니라고 강변한다. 그 말을 들은 눈만 남은 나에게서 점점 귀가 작아지더니 흔적도 없이 사라진다. 결국 나는 나에게 말하는 것을 듣지 못하게 되었다. 이제 입만 남은 나는 눈 가진 나에게 굴욕스럽게 애원하기 시작한다. 눈, 귀가 없는 나에게 제발 내 말을 들어달라고 애원하지만 듣지 못하고 말하지 못하는 나는 작은 눈만 껌벅인다.

입만 남은 내가 답답하고 화가 나서 입과 귀 없는 나

에게 소리친다. 이제부턴 본 것만 얘기하겠다고. 그러나 입만 남은 나는 입만 열면 거짓말이다. 눈이 남은 나는 입만 남은 나를 믿지 못한다. 역시나 말 많은 놈은 믿을 만한 게 못 된다는 것을 나는 알고 있다.

눈으로 보고 있는 나는 침묵하고 눈 없는 나는 끊임없이 얘기한다. 누가 나인가. 거울 안의 나에게 찾아가보지만 거울 안의 나는 이미 거울 밖의 나를 보지 못한다.

나는 나를 보지 못하고 볼 줄 아는 나는 침묵하고 보지 못하는 나는 말만 한다. 그게 나이다. 서로 각자의 나가 단 한 번만이라도 온전히 눈 코 입이 모두 달려 있는 나였으면.

그저 그런、춘놈 콤플렉스

나는 전북 익산 출신이다. 내가 태어나 자란 곳은 수려한 풍경이 펼쳐져 있고 아름다운 강이 굽이치며 고개를 돌리기만 해도 한 편의 시나 그림이 되는 그런 곳이 아니다. 익산은 그냥, 그저 그런 어디에나 있는 지방 소도시이다. 작은 사람들이 적게 모여 사는 동네이고 아무것도 없어서 간혹 삭막해 보이기도 하는 풍경이다. 나는 자연적으로 볼품없는 그런 곳에서 나고 자랐지만 한 번도 익산을 사랑하지 않았던 순간은 없었다. 자연이나 풍광이 주는 넉넉함을 본 적도 없었고 선천적으로 그리움을 몰랐기 때문이다. 내가 본 것 느낀 것 전부를 사랑했으므로, 나는 한 번도 익산을 벗어나본 적이 없었으므로 사랑하지 않을 수 없었다.

서울에 있는 그저 그런 대학에 다니기 시작했다. 익산이라는 곳을 벗어나면서 실로 나는 익산 촌놈 콤플렉스에 시달렸다. 그놈은 실로 좀체 떨어질 줄 모르고 십수 년이 지난 지금도 내 뒤를 졸졸 따라다닌다. 나만 문화적인 유행에 뒤처지는 것 같고 나만 모르는 것 같고 사람들이 나만 쳐다보는 것 같았다. 촌티가 나기 때문에 사람들이 나만 보는 것이라고 생각했다.

실은 이 콤플렉스의 주범은 바로 '나만'이라는 단어에 있다는 것을 오랜 시간이 흐른 뒤에야 뒤늦게 깨달을 수 있었다. '나만'이라는 단어는 자신감을 몰아내고 겸손함을 잃게 만들며 아무 이유 없이 마음을 꼬이게도 만든다. 콤플렉스는 상대적이기 때문이다. 서울 사람들은 그런 데 관심 없다는 것을 한참이 지나 알게 되었다. 나는 쪽팔리지 않기 위해 노력했는데 쪽을 팔 사람이 없었음을 알아버렸다는 얘기다. 몰라도 모른 척할 수 없고 알아도 아는 척할 수 없고 촌티가 날까봐 나설 수도 없었던 지난 시간이 스스로에게 창피하게 다가오던 순간이었다.

서정이란 자연 안에서 흔히 피어나는 것이어서 아름다운 고향이나 풍경을 가지고 있는 사람이 쉽게 문학이나 예술에 젖는 것이 사실일 테다. 하지만 아무것도 없음이 만들어내는 나름의 서정은 들꽃처럼 피어나기도하며 아무것도 없었기에 서사가 만들어지기도 한다.

아름다운 풍광을 본 적 없기에 아름다운 풍경의 시를쓸 수 없지만 내가 가졌던 아무것도 없음에 대한 콤플렉스가 이야기를 만들고 서사를 만들게 하는 것은 아닐까. 내 소설의 거의 모든 공간적 무대가 익산 주변을 떠나지 않는 것을 보면 이것은 확실한 해답처럼 느껴지기도 한다. 결국은 촌티 날까 두려워하며 마음 숨기던 시절이 지금 소설의 무대로 나섰으니 그 지난 시절의 결핍이 날 이루어가고 있는 것이 아닐까.

춘천、 그녀들

십 년 전 나는 춘천의 한 횟집에서 일한 적이 있다.

춘천은 내게 언제나 고정된 이미지로 남아 있다. 입대하는 친구와 처음 춘천에 갔었다. 평생이 쓸쓸했다던 대학 친구였는데 한 학기 학교 생활 동안 평생 긁어모은 쓸쓸함보다 연애에 실패한 지난 몇 개월이 더 힘들었다며 서둘러 입대를 결정한 친구였다. 입대 전날 친구와 나는 일찍 춘천에 도착해 시내를 어슬렁거렸다. 공지천에도 가고 강대 후문 어딘가에서 소주도 한잔했다. 밤이 되자 시내 한 허름한 여관에 자리를 잡고 맥주를 마셨다. 이상하게 술 마실 기분도 나지 않았고 별로 할 애기도 없었다. 입대하는 사람보다 배웅하는 사람의 마음이 무겁다는 것도 그날 알았다. 일찍 잠자리에 들었지만 잠을 뒤척이는 것은 그도, 나도 마찬가지였다. 친구가 새벽같이 일어나서 아침을 먹자고 했다. 그는 아무렇지도 않은 척하려고 애썼다. 나도 아무렇지도 않은 척하려고 애썼다. 친구가 예정된 시간보다 일찍 보충대에 입소하는 바람에 나도 할일이 없어졌다. 둘 다 어색함을 피해보고자 궁리한 끝에 내린 친구의 결정이었다. 우린 어색하게 악수를 하고 헤어졌다. 그가 들어가는 것도 보지 못하고 나는 황급히 돌아서서 훈련소를 빠져나왔다.

훈련소 앞에는 서울로 가는 봉고차 택시가 서 있었다. 나는 차 안에서 두 시간을 기다렸다. 손님이 모두 차야지만 떠날 수 있었기 때문이었다. 차가 출발하자마자 나는 울기 시작했다. 꼭 그 친구가 불쌍해서도 아니었다. 그냥 슬펐다. 다행히 차 안에서 훌쩍이는 사람이 나 혼자만은 아니었기에 창피하지 않았다. 환한 햇살이 호수에 비쳐 눈이 부셨다. 나는 맥없이 널브러져 있는 호수를 보며 서울로 올라오는 내내 눈물을 조용히 훔쳤다.

　스물한 살 땐 아예 짐을 싸가지고 춘천에 갔다. 한 학기 학점도 포기하고 일자리를 구했다. 춘천에서 버티면 뭐라도 될 것 같은 막연함 때문이었다. 월 십이만 원짜리 자취방을 강대 후문 근처에 얻어놓고 일자리를 구했다. 지금 생각해보면 그 집 구조는 참으로 기이했다. 방이 세 개인 가정집이었는데 앞 방, 옆방에는 모두 여자들이 세들어 살았다. 화장실 겸 욕실, 마루, 부엌을 함께 썼는데 한집에 같이 사는 거나 다름없었다. 앞방에는 명동 프로스펙스 대리점에서 일하는 여자가, 옆방에는 한림대학교에 다니는 여학생 둘이 살았다. 우리는 새벽이나 밤에 화장실을 들락거리다가 속옷 바람으로 마주치기 일쑤였지만 창피하지도 않았고 또 아무 일도 일어나지 않았다. 그녀들에게는 모두 남자친구가 있었기 때문이었다. 어느 날 새벽 마루에서 마주친 한 남자를 잊을 수 없다. 잠결에 화장실에 가려고 나갔는데 동시에 앞방에서 거대한 흑인이 나왔다. 나는 세상에서 그렇게 큰 남자를 본 적이 없었다. 헬로. 그가 내게 말했지만 나는 너무 놀라서 소리를 지를 뻔했다. 놀란 나머지 오줌 마려운 사타구니만 비비 꼬았다. 그날 나는 이상하게 겁이 나서 오줌도 참고 문을 걸어 잠그고 잤다.

나는 시내 한복판에 있는 횟집에 일자리를 구했다. 내가 일했던 칠 개월 동안 여러 사람이 왔다가 사라지곤 했다. 횟집 사장은 내게 주로 돈 관리를 맡겼었는데 나는 티 나지 않을 정도만 삥땅을 치곤 했었다. 사회라고 치면 너무 거창하지만 후에 나는 그곳에서 소설적 인물들을 만나는 행운을 건졌다. 그들은 평범하게 사는 소시민들이었다. 주방장은 전북 어디에서 큰 횟집을 운영하던 사람이었는데, 부인이 바람이 나 전 재산을 들어먹고 빚에 쫓겨 아이들을 데리고 도망 와 살고 있는 사람이었고, 찬모 아주머니는 남편이 트럭 운전사였는데 결혼 전에 사귀던 애인을 십삼 년째 몰래 만나고 있었다. 바람난 부인 때문에 망한 주방장과 바람난 찬모 아주머니는 틈만 나면 부부처럼 싸우곤 했다.

아침에 출근하면 제일 먼저 초밥을 싸서 여자들이 사는 숙소로 날랐다. 횟집 사장 부인은 도청 근처에서 단란주점을 운영했는데 거기에서 일하는 여급들은 한 아파트에서 합숙(?)을 했다. 여자들은 출근한 다음 날이면 숙취로 거의 일을 하지 못했다. 그녀들의 월급도 내가 계산해 지불하곤 했었다. 그녀들은 한 달에 대략 보름을 일했는데 집세와 밥값을 빼면 얼마 되지 않는 돈이 남았다. 밥값을 꼬박꼬박 까기 위해 여사장은 매일 초밥을 숙소로 배달했다. 내가 만든 엉성한 초밥을 들고 그녀들의 숙소를 갈 때면 마음이 설렜다. 내가 갔을 때 여자들은 거의 대부분 속옷만 겨우 걸친 채 힘겨운 잠을 자고 있었다. 내 기억에, 나는 그녀들과 한마디도 말을 나눈 적이 없었다. 물론 그녀들이 학삐리인 나를 상대해주지 않았기 때문이었다. 이름도 얼굴도 기억나지 않지만 한낮에 널브러져 힘겹게 자고 있는 그녀들의 모습을 오래도록 잊을 수 없었다. 데뷔작 「광어」는 전방에서 초소 근무를 하며 한 줄 한 줄 시로 썼던 작품이다. 쓸쓸하고 외로운 초소에 매일 밤 미스 정은 놀러왔다. '광어'의 미스 정은 춘천에서 만난 모든 그녀들이었다. 나는 세상을 너무 몰라 낭만적이었고, 그녀들은 세상을 너무 일찍 알아 비관적이었다.

명절날 오랜만에 친구들과 뭉치면 우린 언제나 여관을 잡고 놀았다. 화투를 치기도 하고 술을 마시기도 했다. 연례행사처럼 굳어진 여관놀이는 고향 친구들과의 평생 약속처럼 된 것이었다. 제대한 해 추석이었다. 술도 깰 겸 우리는 다방에 음료를 시켰다. 샌님들이라 커피 배달 온 여자들과 말도 잘 섞지 못했지만 시도만큼은 언제나 열성적이었다. 여자가 커피를 배달해 오면 둘러앉아 점잖은 질문 같은 것을 쏟아놓곤 했다. 사실 그녀들에게 우리는 반가운 손님은 아니었다. 달랑 커피 몇 잔을 시켜놓고 오래 잡아두려고 하니 그녀들은 언제나 시간을 재촉하곤 했다. 그날, 단편 「구두」의 '안마사 주혜'를 만났다. 소설에서는 직업을 안마사로 만들었지만 실제는 다방 종업원이었다. 무덤덤하게 커피를 타던 여자가 갑자기 자기 얘기를 늘어놓기 시작했다. 친구가 나를 문창과 학생이었지만 소설가가 될 거라고 소개했기 때문이었다. 잘 듣고 자기 얘기를 소설로 써달라는 부탁도 이어졌다.

여자가 어렸을 때 아버지가 자신에게 농약을 사오라고 심부름을 시켰다. 아버지는 여자가 농약을 사다주자마자 그 자리에서 벌컥벌컥 마시고 자살했다. 모두 가난 때문이었다. 아버지를 올려다보는 여자의 눈에 잠깐씩 햇빛이 어려 아버지를 똑바로 쳐다볼 수 없었다고 했다. 여자가 일곱 살 때였나, 어린 여자는 고통에 겨워

무릎을 꿇고 죽어가는 아버지를 멍하니 바라보고만 있었다고 했다. 아버지 등 위로 가만히 내려앉은 햇살이 그렇게 무서울 수가 없었다고.

가장 친한 친구가 자신을 삼백만 원에 팔아먹은 얘기도 들려줬다. 여자가 커피 배달을 해야만 하는 이유. 여자는 곧 섬으로 팔려갈 것을 두려워했다. 빚이 늘어 이제는 도시 어디에서도 예쁘지 않은 자기를 사줄 곳이 없다고 했다. 한편으론 자기가 예쁘지 않은 게 다행이라고도 말했다. 그녀의 표현대로 '그 더러운 일'이 얼굴이 예쁜 여자들보다는 적었기 때문이었다. 그녀가 마지막 술잔을 넘기며 말했다. "섬이라고 뭐 다르겠어요. 사람들 사는 세상이 다 그게 그거지." 여자는 한동안 내 머릿속에서 떠나지 않고 맴돌았다. 소설만 쓰려면 박색의 여자가 가장 먼저 떠올랐다.

비루한 환경과 사회에서 자꾸만 내몰리며 고통받는 그들을 내가 구원할 수는 없지만 소설 안에서 그들의 삶을 되살릴 수는 있다고 믿는다. 독자들이 내게 종종 화까지 내면서 묻는다. 그렇게 인물들을 비극적인 상황에 던져놓기만 하면 어떡하냐고. 솔직하게 말하면 나는

'타인의 고통'에 대해 대안을 심각하게 생각해본 적이 없다. 그것은 내 일이 아니기 때문이다. 때론 흥분하고 분노하지만, 또 어떠한 대안에 동조하지만 그것을 창조해내는 일은 내 것이 아님이다. 그것은 정치와 법, 시스템의 몫이다. 문학으로는, 글로는, 소설로는 아무런 대안을 그려놓을 수가 없다. 사람들을 구원할 수가 없다. 본디, 문학이라는 것이 온통 질문으로만 채워진 까닭이다.

그녀가 했던 "사람들 사는 세상이 다 그게 그거지"라는 말이 화두처럼 울리던 때가 선명하다. 내가 알고 있던 세상은 그와는 좀 달랐던 것이기 때문이다. 그녀를 만난 이후, 그녀의 세상이 소설의 공간이 되어야 한다고 믿게 되었다. '타인의 고통'을 처음 이해한 순간, 내 소설의 시작이다. 춘천, 그녀들이 내 글쓰기의 스승인 셈이다.

왜
쓰는가
?

작가마다 소설 쓰는 방법이 다르다. 정통적인 소설 작법이 존재하지 않는 이유일 것이다. 한 작가의 작법은 고유하다는 얘기이다. 소설의 근원적인 무언가는 바뀌지 않겠으나 한 인물에 대한 캐릭터가 주제와 연관 있어야 한다는 것은 자명하다.

환경이 만들어내는 개인의 비극은 고도화된 자본주의와 밀접한 관계가 있다. 부에서 소외된 환경은 개인사의 비극을 양산해낸다. 국가 시스템도 마찬가지이다. 특히 국가가 개인에게 가한 폭력과 그것을 묵과할 수밖에 없었던 사람들에게 그 내상은 개인 간에 이루어진 것보다 깊고 치유하기 힘들다. 한국의 폭압적인 정치사와 역사를 고려해보건대 우리는 아무도 그 내상에서 자유롭지 못하다. 언제 어디서 내게 가해질 수도 있는 국가 폭력은 잠재되어 있는 트라우마이며 이미 많은 사람에게 진행된 콤플렉스이다.

두번째 소설집 『조대리의 트렁크』를 준비하면서 나는 그런 고민에 빠져 있었다. 억압적인 시스템이나 무책임하게 자행된 국가 폭력으로 한 개인이 어떻게 몰락할 수 있는가에 내 문제 의식은 초점이 맞춰졌다. 개인에 대해 무관심한 국가 시스템이 개인의 인생을 어떻게 파편화하는가 하는 고민이 소설 주제가 된 것이다.

여덟 편의 단편 중에서 특히 기억에 남는 소설은 「루시의 연인」이다. 내용은 이렇다. 군대에서 태권도 단증 심사를 앞둔 한 엘리트 청년이 있다. 선임병들은 좋은 실적을 내기 위해 무지한 방법으로 청년에게 다리찢기를 강요했고 결국 그는 신경이 손상되어 불구가 되었다. 의가사제대를 했지만 이상한 걸음걸이 때문에 집에 유폐되다시피 했고 사회생활은 꿈도 꿀 수 없는 신세가

된다. 혼기를 놓친 그의 유일한 친구는 인형뿐이다. 이
이야기는 내가 군에 있을 때 면회 온 친구가 자기 부대
에서 있었던 일을 말해준 것이었다.

친구의 부대로 일주일에 서너 번 걸려오는 전화가
있었다. 전화를 건 아저씨는 불구가 된 아들 이야기를
하며 간혹 엉엉 울기도 했고 어느 날은 불같이 화를 내
기도 했으며 또 어떤 날은 전화를 받은 군인을 애틋해
하며 위로를 건네기도 했다. 분대장이 되어 야간 행정
실에서 일하는 날엔 어김없이 그 아저씨의 전화를 받
게 되는 날이 많았다. 팔십년대에 아들을 군에 보냈다
가 발생한 일이라고 했다. 밤새 넋두리를 받아주는 게
일이었지만 누구도 불평을 하지 않았다. 충분히 그 상
황을 이해하고 그분의 마음을 읽을 수 있었기 때문이
었다.

잠깐 스치듯 들었던 이 이야기가 내 머릿속에선 떠나
지 않았다. 풀리지 않는 의문 때문이었다. 하나는 국가
란 무엇인가 하는 것이고, 두번째는 국가란 어떤 시스
템을 가져야 하는가였다. 피해자 아버지에게 그 사건은
시간이 지나도 여전히 진행중인 상처고 그것에 대해 하

소연이나 책임을 묻고 화를 낼 수 있는 곳이 아들이 근무했던 부대밖에 없었던 것이다. 이는 굉장히 아이러니한 일이다. 당시 책임을 져야만 하던 이들은 모두 전역하거나 사라졌고 몇십 년이 지난 후 입대한, 실제로는 아무 책임이 없는 아들과 같은 처지의 사병들이 그 아버지의 하소연을 듣고 있던 셈이다.

소설은 책임자는 사라지고 없는, 타인의 고통을 공감한 사람들의 세계에 대한 연대라고 정의할 수 있을지도 모르겠다.

그보다 어떤 「감」

1.

우리가 글을 쓴다는 것은 문학이란 무엇인가, 소설은 또 무엇이고 시는 또 무엇인가, 하는 끊임없는 자기 질문 안에서 이루어지는 여정이다. 그것은 자문하고 얻은 답이 아니라 질문을 질문으로 답을 받는 격이어서 어떤 확신을 얻지는 못한다. 그러니까 문학하고 글을 쓴다는 것은 그 과정이 순전히 짐작과 추측으로만 이루어져 있다는 말인데 이는 자기 확신 없이 글을 쓴다는 말로 곡해될 수도 있을 것이다. 다만 여기서 말하는 짐작과 추측은 작가가 가진 감성을 뜻하는 바, 열린 세계가 시인이나 작가의 감으로 찾아와 글로 발현된다는 말이겠다.

 그 '감'에 대한 얘기를 하려는 참이다. '감'은 어디서 오는가, 어떻게 찾고 왜 그 '감'이었던가 하는 것이 개인의 문학사가 아닐까. 내가 믿고 심중에 있는 말 중의 하나는 '사람이 대개 다 비슷하다'는 것이다. 이것은 상황에 따라 맞을 수도 있고 그렇지 않을 수도 있는 이중적이고 허점이 많은 문장이다. 사람은 절대 비슷한 사람이 없으며 저마다 어떤 독보적이고 고유한 감성이 있음을 부정하는 것은 아니나, 아주 넓고 거시적인 안목에서 보자면 보편적인 시각으로는 비슷한 부분이 많다는 얘기이다. 아니라고 반박한다면 딱히 강변할 마음이 없으니 맞는 말이라고 하겠지만 우리가 향유하는 문학작품이 대개 작가나 시인이 가진 독보적이고 독특한 경험을 맛보는 것이 아니라 보편적인 시각 안에서 공감하기 위한 하나의 도구로 쓰일 때가 많은 것을 보면 그런 생각이 든다.

 비슷비슷한 감정과 감성을 가졌으니 그것을 조금 더 멋지게 부려놓은 한 시인의 감성과 조금 더 그럴듯하게 풀어놓은 작가의 이야기에 공감하고 설득당하는 것이 아니겠는가. 작가나 시인들은 누군가 자기가 쓴 글을 읽고 공감하길 원하며 조금 더 촌스럽게 욕심부려보자면 어딘가에 있을 미지의 독자가 내 편이 되길 바라는 마음도 숨기지 않는다. 그러고 보니 개인의 문학사라는 것은 이 넓고 광활한 문학의 대지 위에서 특히 내 편을 찾는 일이 아니겠는가. 우리의 문학사를 감성의 내 편 찾기로 말을 바꿔보자.

  내게 과거와 현재가 만나는 문학적 찰나는 한 권의 시집으로부터 발현되었는데 이는 한 사건으로부터 기인한다. 과거, 전두환 군사독재가 광주에서 민중학살을 저지른 이후 만행을 만행으로 덮는 일이 잦아졌다. 역사는 반복된다고 했던가. 해방 이후 적통의 민주정권을 가져본 적이 없는 우리는 순응했고 적응했다. 하지만 문학은 일제에도 박정희 독재에도 그렇지 않았다. 저항했고 반항했으며 쓰기를 멈추지 않았다. 그들 보기에 문학은 그때도 지금도 변함없는 블랙리스트들이다. 내가 어렸을 적 우리 동네에 큰 사건 하나가 있었다. 바로 간첩단 이름도 문학적인 '오송회' 사건이다. 당시에는 어려 사건의 실체를 알지 못했고 대학에 간 이후 조금 더 소상하게 이 사건을 알아보게 되었다. 그것은 한 권의 책을 읽은 이후였는데 이광웅 시인의 『목숨을 걸고』 라는 시집이었다.

 오송회 사건은 1982년 겨울, 한 학생이 전주-군산 간 시외버스에 놓고 내린 월북 시인 오장환의 『병든 서울』 필사본으로부터 시작되었다. 필사본을 주운 선량한 시민은 정체불명의 이 필사본을 경찰에 신고했고, 경찰은 이 시집을 한 철학과 교수에게 분석하게 했다. 오장환의 시를 읽은 철학과 교수의 상상력은 결국 거대한 사건으로 번지게 된다. 오장환의 시집 필사본을 만든 사람들은 월북 시인의 글을 읽었다는 이유로 빨갱이로 몰려 간첩이 되었는데 모두 선생들이었다. 이후 군산 제일고 전·현직 교사 아홉 명이 구속되었다. 이광웅, 박정석, 전성원, 이옥렬, 황윤태, 강상기, 채규구, 엄택수와 KBS 남원방송국 방송과장으로 근무하던 조성용이 그들이다. 잡아다 고문으로 간첩단이 만들어지던 시절이었다. 역사는 반복되고 가해의 역사를 배우는 이들은 부지런하다. 나쁜 놈들은 그렇게까지 해야 하나 하는 상식적인 선에서의 일까지도 꼼꼼하게 챙긴다. 어쨌든 동향이라는 이유로 탐닉하게 된 하나의 시집은 내가 과거의 어떤 지점과 맞닿고 문학적 영원의 시간을 탐하는

지 깨닫는 계기가 되었다. 찰나는 영원으로 통하는 길이고 그것은 시와 시인을 통해서 이루어진다.

아주 멀지 않은 곳에 영원의 시간대가 있다. 나와 같은 공간, 같은 골목길을 걷고 서쪽의 광활하고 드넓은 들로 하염없이 허물어지는 석양을 매일같이 바라보며 시간의 탑을 쌓는 일, 우리의 운명이었던 것이다. 그 하나의 시가 여기 있다. 이광웅 시인의 첫 시집 『대밭』을 읽던 때가 선명하다. 아버지의 책장 저 안쪽 은밀한 곳에 꽂혀 있던, 표지에 판화 같은 게 박혀 있던, 무슨 시집이 이렇게 촌스러운가, 생각하며 펼쳐들었던 영원의 순간.

'소설은 과거의 문법이다.' 나는 이 문장을 오랫동안 믿어왔고 그 진의가 무엇인지는 정확히 확인하지 않은 채 여러 곳을 전전하며 떠들어왔다. 저 단순한 명제가 소설을 쓰고 읽는 데 가장 중요한 점이라는 것에 어느 정도 확신이 있었으니 그랬을 것이다. 이는 소설이란 작업은, 멈추고 일단락된 시간이 '영원'으로 가는 길을 그리는 작업이라고 믿었기 때문이었다. 마무리되었으나 진정으로 '영원'의 시간대에 올라탄 소설이라니 이 얼마나 멋진가. 이것은 역사성과 사회적인 성격으로서의 소설을 믿어왔다는 말이다. 그 소신은 여전히 변함없으나 조금 더 근사한 일들도 있음을 알게 되었다. 그것은 바로 시가 가진 현재성과 현장성을 발견하고부터이다. 시는 한 개인(시인)이 처한 어느 찰나의 감정을 읽는 일인데 소설이 소설로써 상징화되는 것이라면 시는 시적 개인(시인)으로써 상징화된다. 시간은 시인의 몸 안에서 끝없이 분화되고 몸에서 빠져나갔다가 언젠가 다시 돌아온다. 그때, 그 순간의 감성과 맞닥뜨리는 그 찰나, 시가 되는 순간이다. 시는 그렇게 시인의 몸에서 빠져나오는 것이라, 소설이 소설가의 몸에서 빠져나오지 않는 것을 이미 알고 있던 내겐 좀 신기한 일이기도 했다.

프랑코 모레티는 '소설의 형식은 보편적 역사의 발전을 외면하지 않으면서 그 역사를 일상생활의 관점에서 인식한 대로 재구성한다'고 말한 바 있다. '특수성의 삶을 확장하고 풍성하게 만들기 위해 보편적 역사를 일상의 영역으로 집중시키는 것'이 소설이라고 말이다. 이는 시적 감과 일체된 소설적 문법이라고 달리 말해도 될 것 같다.

이 집중된 사람들의 '감'이 바로 문학이라는 이름으로 만난다. 이는 작품을 통해 체득되거나 경험하는 것이 아니라 몸에 자연스럽게 스며든다. 시인에게 공간 안에 흐르는 시간성은 지엽적인 것을 넘어 더 보편적이고 나아가 시공간을 초월하는 찰나의 세계에 이르고, 그 순간은 또 영원의 시간대를 얻게 되어 돌고 돌아 우리에게 오는 것이 아니던가.

하지만 그 근원은 시인의 존재를 떠안고 있는 지엽적인 특성을 외면할 수는 없다. 그러므로 내게 나만의 문학사를 묻는다면 망설이지 않고 그 지엽적인 시공간을 공유한 선배들의 계보를 말하겠다. 이들은 나도 모르게 몸에 자연스럽게 스며들어 어떤 '감'으로 남은 이들이다.

내 몸에서 흐르고 있는 '감', 이광웅, 정양, 안도현, 이병초, 박성우 같은 시인으로 흐르는 서정의 계보가 나만의 문학사 '뜨거운 피'의 근원이다. 그들의 '감'은 그들의 선배인 정양, 이광웅 시인으로부터 깊게 번져 있고 이는 찰나에서 영원으로 가는 길목에서 마주친 동지들이며 자연스럽게 자신들의 몸에도 스며든 '감'의 근원임을 확신한다.

2.

'언제부터 글을 쓰게 됐는가?' 혹은 '왜 글을 쓰는가?' 하는 물음만큼 작가들에게 곤혹스러운 질문은 없을 듯하다. 그도 그럴 것이 '언제'와 '왜'에 대한 정확한 연유를 기억하지 못하고 있기 때문이다. 대개 등단 이후 시간이 지나면서 적절한 답을 찾기 마련인데, 스스로에게 가장 그럴듯한 답을 찾아 기억을 왜곡시키고 그런 질문을 받을 때마다 자신을 정당화하며 아무렇지도 않게 만들어낸 답을 얘기하곤 한다. 비교적 모범적인 답안을 찾기 마련인데 물론 내 경우도 마찬가지임을 부정할 수는 없다.

그런 질문이 없다 하더라도 작가는 종종 기억을 더듬으며 스스로 '내가 왜 작가가 됐을까' 고민에 빠져든다. 자신이 써내는 '글이 과거의 기억 어디쯤에서 발현한 것이 아닐까' 생각하며, 때론 자신이 '작가의 운명을 거스를 수 없었던 한순간이 있지 않았을까' 고심하며 망각의 바다가 되어버린 과거 저편을 어슬렁거리게 된다. 그러다보면 무언가가 잠잠하기만 했던 내면의 수면 위로 볼록 튀어오른다. 도무지 기억하고 싶지 않고 잊어버리고 싶고 생각하기도 싫은 것들이 대부분이다. 모두 다 아픈 기억이다. 그것들이 자신을 성스럽고 고통스러운 고행의 문학으로 인도한 듯 느껴진다. 문학은 그 고통스러운 기억에 대한 복수에서 출발한다.

솔직한 작가들은 정직하게 이제는 하나의 콤플렉스가 되어버린 기억들을 자신의 작품, 작가가 된 자신의 원천이라고 말하기도 한다. 아픈 기억과 작가가 될 수밖에 없었던 작가 개인의 내면을 작품 안에 담담하게 풀어놓는다. 한 작가의 무수한 작품 중에서 우리가 기억하는 단 하나의 작품이 있다면 바로 그것일 가능성이 크다. 독자들은 작품 안에서 작가의 개인적인 내면의 고통을 보게되고 그것은 기억에 선명하게 각인된다. 무수한 작품 중에서 유일하게 생명력을 가지게 되는 것은 작가의 개인적인 콤플렉스나, 아픈 기억의 트라우마일지도 모른다. 아니, 그럴 것이라고 믿는다.

문제는 이후에 발생한다. 상처받은 내면이 문학을 운명으로 받아들이는 동기임을 부정할 수는 없지만 평생 동기만으로 글을 쓸 수는 없다. 그렇지 않은 경우도 있겠지만 기억의 고통과 내면의 상처는 작품을 집필하며 어느 정도 해소되고 치유된다.

독자들은 작가 내면의 고통을 보고 그 작가의 이미지와 작품을 연관지어 이해하려 한다. 이는 때때로 성공적이지만 두번째, 세번째로 이어지는 하나의 테마가 되기를 작가는 원치 않는다. 작가의 성스러운 첫 고해성사와 거듭남 이후, 작가들의 촉수가 외부로 향하는 이유는 여기에 있다. 즉, 작가는 고해성사 이후 타인의 고통에 주목하게 된다. 자신을 지배했던 내면의 상처가 완벽하게 치유되었건 그렇지 않건 간에 이제 그것은 더 이상 중요하지 않다. 다만 이렇게 변이되는 과정이 작가에겐 중요하다. '타인' 안에 자신이 포함되어 있음을 깨닫는 순간이다.

작가란 타인의 고통을 재현하는 사람이다. 작가의 탄생은 이 과정을 통해서 얻어지는 말이다. 공감한 독자들은 작가를 기억하게 된다. 자신의 내면에 대한 고해성사로 이루어진 작품은 작품이 남지만 타인의 고통을 재현한 작품은 작가가 남는다. 우리가 아는 리얼리즘은 바로 그런 것이다. 그리하여 내게 리얼리즘은 그 맨 처

음 '찰나'의 접점으로 '영원'을 꿈꾸게 해준 그 '감'에 대
한 제공자들이다.

나는 똥인가 작가인가

작가는 자기 자신을 신뢰하는 데 오랜 시간이 걸린다. 아니, 영원히 스스로에 대한 믿음은 얻을 수 없을지도 모른다. 좋은 작가는 자신의 작품을 신뢰하지 않는다. 도무지 자기 작품을 믿지 않는다. 혹자들의 평가나 독자들에게 칭찬을 받는다 해도 결코 이것은 해결되지 않는다. 사람들의 평에 다행이라는 마음은 잠시, 작품에 대한 불신은 점점 깊어진다. 그러니 작품도 작가를 등지는 것은 당연하다. 작가와 작품은 서로 믿지 못하는 관계가 된다. 아니 작품으로부터 작가는 믿음을 얻지 못한다. 모든 것은 바로 이 불신에서 시작한다.

서로의 불신이 작가를 작가이게 하고 작품은 작품으로 남게 한다. 서로에게 믿음을 주지 않음으로써 서로는 존재의 이유를 찾게 된다. 믿지 못하니 서로에 대한 말이 적을 수밖에 없을 것이다. 작가가 작품을 쓴 뒤에 입을 다무는 이유는 다 사정이 있을 것이다.

반대로 자신의 작품을 신뢰하고 믿는 작가도 있다. 실은 많다, 나도 그렇다. 쉬지 않고 떠들어대는 작품 설명은 변명에 불과한데 자신만 모른다. 작가의 말 많음이 작품을 불안해한다는 증거다.

독자들은 작가에게 왜, 어떻게에 대해 설명을 들어야지만 작품이 믿음이 간다. 독자는 읽고 나서 또 묻고 듣는다. 작품을 읽고 무슨 말인지 모르겠으니 작가에게 확인하는 것이다. 홀로 된 작품은 무엇으로 남는가? 스스로 살아가지 못하는 존재가 된다. 작가 작품에 대해 말이 많아지는 것은 작품이 불완전하기 때문이다 작품은 방어하고 설명하면서 존재하게 된다. 작가가 작품에 대한 설명이 많아지면 완전 똥 되는 거다. 작가만 모른다. 자기가 똥 되는지 말이다. 나르시시스트가 된 똥. 마음이 짠하다.

나는 똥이다. 써놓고 왜 썼는지 끊임없이 설명한다. 작품은 불안한 작가를 어쩔 수 없이 믿어야만 한다. 불쌍한 똥을 믿는 작품들. 결국 같이 똥 되는 거다. 작품은 아무 잘못이 없다. 그렇게 태어나게 만든 작가의 과오다.

그렇게 되면 작품은 자신이 어떻게 만들어지고 존재하게 됐는지 어딜 가나 설명해야 한다. 아, 참 번거롭다. 똥의 운명. 이게 모두 작가의 창조주로서 피조물에 대한 믿음과 사랑 때문이다. 스스로 그것을 말할 수 없으니 작품은 언제나 작가를 데리고 다녀야 할 것이다. 같이 다니다가 같이 똥 된다. 서로 말이 많아진다. 왜 믿게 되었는지도 말해야만 한다. 믿는다고 하면서 왜 이 작품을 신뢰할 수밖에 없는지 말이 많아진다. 뭐가 좀 그렇고 그렇다. 이만하면 이미 구리다, 냄새난다.

가끔 나는 뭔가 생각한다. 나는 똥인가 작가인가. 가끔 내가 작가라고 생각할 때도 있다. 아무것도 믿지 않을 때이다. 그럴때 나는 똥 되지 않는다. 뭔가에 믿음이 생길 때 나는 똥 된다.

사회에 대한 불신, 세계에 대한 불신은 때때로 작품에 대한 불신을 만든다. 그렇게 되면 작품 혼자 잘 살아간다. 믿는 구석이 없으니 더 할 말도 덧붙일 말도 없다. 그럴 때 간혹 나는 똥 안 될 때도 있다. 작품도 나를 뒤돌아보지 않는다. 아, 드디어 공존의 순간이다.

작가이고 싶을 때 나는 아무것도 믿지 않는다. 때로 불신이 나를 작가로 만든다.

첫
문장이

찾아
오기
까지

글을 쓸 때마다 쓰기 전 드는 생각이 있다. 언제쯤이면 백지를 앞에 두고 앉아서도 두려움이 없어질까 하는 것이다. 나는 틈날 때마다 선배며 선생님께 묻곤 한다. 이젠 두렵지 않으세요? 얼마나 글을 써야 두려움이 사라지나요? 질문을 받은 선배들이며 선생들은 빙긋이 웃고 만다. 그 웃음의 대답은 알 듯 모를 듯, 방법이 있는가 싶으면서도 해결 불가하다는 오묘한 표정이다. 그러나 뒤 끝에 들릴 듯 말 듯 붙이는 말. "나도, 두려워. 여전히. 누구나 다 그렇지, 뭐."

글을 써서 밥벌이 하는 사람이 글을 쓰는 게 두렵다는 것은 아이러니하다. 글을 써서 먹고사는 사람이 글쓰기를 싫어하는 것은 글이 좋아 글을 쓰게 된 운명을 배반하는 걸까. 생각은 점점 복잡해진다. 대부분은 그렇지 않을 테지만 물론 내 경우, 무슨 글이든지 써야 할 때에 일단 쓰기 싫은 생각이 먼저 들고 만다.

필경 이 일은 나와 맞지 않는 게 분명하다는 생각이 꼬리에 꼬리를 물고 늘어지고 결론은 자신에 대한 자학과 열등감으로까지 번져 글을 쓰려고만 하면 기분은 꼭 지옥문을 넘나드는 것 같다. 써야 할 원고가 있다면 미루고, 또 미루고 미루다가 쓰지 않으면 안 될 때까지 두려움에 떨며 시간을 보내다가, 결국 백지 앞에 앉고서는 절망한다. 쓰지도 못할 원고를 욕심내서 청탁 받은 것을 후회하며 투덜투덜 다른 핑곗거리를 찾아 있는 대로 짜증과 신경질을 마음껏 부리며 마지막 순간까지도 결국은 마주해야 할 활자와 종이와의 대면을 피하려 애쓴다. 언제나 글쓰기는 이러한 절망에서부터 시작된다. 그리고 드디어 첫 문장, 그토록 피하고만 싶었던 순간이 찾아온다. 외면하려 애쓰던 시간에서 첫 문장은 찾아온다.

그러나 신기한 것은 첫 문장을 쓰기 시작하면 금세 절망의 시간을 잠시 잊게 된다는 것이다. 두려움에 떨며 피할 수만 있다면 피하고 싶으면서도 생각 저 너머에 웅크리고 있던 글쓰기에 대한 걱정은 외려 첫 문장을 만들어내고, 언제 그랬냐는 듯 글을 쓰는 내내 욕망과 집요한 집중력을 무기로 한 열정이 살아나기 시작해서 시간과 공간 또 자신의 존재마저도 잊게 만드는 마력이 몸에 스며드는 것이다. 어느새 그것은 절망에서 환희로 바뀐다. 그리고 순식간에 전도된 또하나의 감정은 그토록 하기 싫고 피하고 싶었던 일이었으나 어느새 나는 잘하려고 잘 쓰려고 무던히 애쓰고 온 힘을 다 바치고 있는 자신을 발견하게 된다.

글쓰기는 그리하여 중독인 셈이다. 절망과 환희를 넘나드는 스펙터클 버라이어티 호러 서스펜스가 뒤섞인 절대로 박멸할 수 없는 치명적 바이러스인 셈이다.

오래전 네루다는 말했다. 글을 쓰고 읽는 행위가 자신이 가진 가장 값진 보물을 주고받는 것이라고. 더군다나 미지의 얼굴 없는 사람들에게 이런 귀하고 소중한 것을 내어주는 것이니 어찌 인류 모두에게 형제애가 생기지 않을 수 있겠는가. 이는 곧 시와 언어의 가장 큰 효용에 대한 네루다의 말이다. 그러나 처음부터 이러한 대시인의 인류적 형제애의 사명을 가지고 글쓰기를 시작하는 사람은 거의 없을 것이다. 글쓰기는 남과의 소통, 형제애를 나누기 이전에는 개인의 정화를 위한 유용한 수단에 불과하다. 정화된 나를 찾는 순간이란 자신을 타인처럼 객관적으로 바라볼 수 있게 되는 것, 진정한 글쓰기의 시작인 셈이다. 주관성을 버리고 타인과 관계맺고 세계를 바라보는 관점이 생긴다면 앞서 네루다가 말했던 인류적 형제애를 어찌 느끼지 않을 수 있을까. 글쓰기의 궁극적인 과정인 셈이다.

글쓰기 전 두려움에 떠는 이유는 이런 인류적 형제애를 아우를 수 있는 그 무엇이 과연 내게 있을까 하는 의심 때문이다. 그 의심과 의문에서 글쓰기의 고통과 고난은 시작되지만 결국 글쓰기 과정에 대한 해답 또한 고통과 고난의 시간에서 옴을 알기에 그 지난한 시간을 견디며 글쓰게 될 순간을 언제나 기다리게 된다.

문학에서 시작된 행복지론

내가 아는 한 작가들은 행복하지 않다. 작가들의 삶은 불평과 질투로 가득차 있고 저마다의 욕망으로 괴로운 일상뿐이다. 작가들, 행복을 말해야 하겠으나 하지 못함은 작가들, 행복보다는 불행을 불러오기 때문이다. 모두 문학 때문일지도 모른다. 작가들, 모두 낭만을 꿈꾸는 행복을 알고 있으나 말로도 글로도 그것을 말하는 자 드물기만 하다. 왜일까. 모든 것을 다 욕망하면서 행복만은 욕망하지 않기 때문일까. 어째서 작가는 이렇게 불행과 가깝기만 할까. '작가들, 행복을 말하다'가 아니라 결국 작가들, 결국 불행해서 행복할까로. 그러나 모든 작가가 그렇지는 않다. 이건 내가 책으로만 읽은, 자살로 스스로의 문학적 위업을 완성한 몇몇 작가의 이야기이다. 문학은 언제나 진행중에 있고 그 과정에 있는 자기 문학세계에 스스로 방점을 찍는 일은 불가능에 가깝다. 그렇다면 그들의 죽음은 불행한 일일까. 자살해서 불행할까. 그렇지 않다. 그들의 죽음은 과정중에 있던 자신만의 문학을 완성시킨다. 작가에게 이처럼 행복한 일이 또 있을까. 다만 어려울 뿐이다. 그 어려움이 불행을 낳는 것이 아닌가.

실제로 작가들은 언제나 행복하다. 적어도 내가 알고 있는 작가들은 말이다. 어느 술자리에선가 선배 하나가 왜 한국 작가들은 자살하지 않는가 불만을 토로한 적이 있었다. 선배는 그 이유가 한국 작가들은 문학 말고 그 외적인 작가들의 포지션에 욕심이 많기 때문이라고 했다. 덧붙여 한국 작가들은 너무 행복하기 때문에 글은 그 모양 그 꼴이면서 잘살기만 한다는 것이었다. 동의할 수 없었다. 그 선배의 말은 작가들이 문학을 잘살기 위해서 하는 것이라고밖에 들리지 않았기 때문이었다. 그러나 대부분의 글쟁이는 생활고를 감수하면서도 문학의 끈을 놓지 않고 있다. 왜일까. 행복하기 때문이다.

어려운 생활 속에서도 문학하는 과정에 행복이 있기 때문이다. 달리 말하면 문학은 경쟁이 없는, 상대적인 대상이 없는 작업 과정이기 때문이다. 문학은 오로지 자신에게 절대적인 평가만 요구한다. 그러니까 문학하는 자는 행복하다. 작가들이 행복한 이유이다. 그들이 경쟁해야만 하는 상대는 오로지 자기 자신뿐이다. 그렇다면 결국 행복과 불행의 간극은 상대적인 욕심에서 오는 것이 아닌가 하는 추측.

우리가 흔히 짐작하듯이 행복은 욕심과 무관하지 않지만 절대적인 것은 아니다. 욕심은 언제나 상대적이어서 대상 없이는 불가능하다. 그 상대성이 사람을 불행하게 만든다. 그렇다면 문학하는 사람만큼 모든 사람이 행복할 방법은 없는가? 있다. 상대해야만 할 욕심의 대상을 자기 자신만으로 한정할 것. 문학하는 과정같이 그렇게만 된다면 지금보다, 무한의 경쟁, 뚜렷하지도 않은 대상을 향해 경쟁심을 가져야만 하는 지금보다는 행복해지지 않을까. 그러니까 일명 오직 나 자신하고만 경쟁한다는 행복지론인 셈.

표절에 대한 단상

데이빗 코엡 감독의 〈시크릿 윈도우〉(2004)라는 영화가 있다. 스티븐 킹의 단편소설을 원작으로 만든 것인데, 대략적인 줄거리는 이렇다. 아내 에이미(마리아 벨로)의 불륜을 목격하고 이혼을 준비하는 유명 작가 모트 레이니(조니 뎁). 고통스러운 경험을 잊고 새로운 소설을 창작하기 위해 인적이 드문 별장에 살고 있는 그이지만 사랑하는 사람에게 크나큰 상처를 입은 후 창의적인 에너지는 바닥난 상태이다. 간단한 문장조차 연결하지 못하는 그는 하루 열여섯 시간의 잠으로 일상을 대신한다. 그런 그에게 정신이상자로 보이는 사나이 존

슈터(존 터투로)가 나타난다. 슈터는 모트가 자신의 소설을 표절했으며 결말을 바꾸었다고 주장한다. 모트는 그를 달래보려 하지만 슈터는 점점 더 적대적으로 변해간다. 그 과정에서 그가 사랑하는 애완견 치코가 끔찍한 죽음을 맞게 되고 더이상 당할 수는 없다고 생각한 모트는 자신을 보호하고 그 소설의 작가가 자신임을 증명하려 노력하게 된다. 하지만 시간이 갈수록 슈터가 자신이 상상했던 것보다 훨씬 교활하고 집요하다는 사실을 느끼게 되고 마침내 모트는 그가 자기 자신보다 더 자기 자신을 잘 알고 있음을 깨닫게 된다. 심지어 슈터가 말한 원고 뭉치가 지하실 창고에서 발견되며 모트는 큰 혼란을 겪게 된다. 물론 후반부에 스티븐 킹 소설답게 반전이 기다리고 있다.

이야기의 중요한 모티브만 보자면 한 남자가 찾아와 작가에게 자기 소설을 훔쳤다고 인정하라며 협박하는 것. 작가는 일단 부인하지만 혹시나 자신이 실제로 오래전에 그의 말대로 소설을 읽은 적이 있을지 모른다는 불안감이 작가 자신에게 더 큰 강박과 혼란으로 다가오기도 한다. 오래된 영화이니 결말에 나오는 반전을 발설하겠다. 이 모든 상황은 작가의 강박증이 만든 환상이었다. 자기 작품을 표절했다면서 찾아온 남자도 애초에 없었고, 오래된 상자에서 발견된 원고 뭉치도 실제론 자기가 예전에 써놓고 잊어버린 것이다.

실제로 작가는 새로운 작품을 써놓고도 믿지 못한다. 정녕, 자신이 이 모든 것을 만들어냈는가 의문을 품는다. 작가는 언제나 새로운 것을 창조해야만 하는, 자기가 써내고 만들어내는 서사가 실존할지도 모른다는 두려움에 휩싸여 사는 부류이기 때문이다. 반대로 작가들은 수많은 책을 읽고 넘쳐나는 영상과 서사의 홍수와 대면하며, 자신이 만들어내는 서사가 그리 새롭지 않음을 인정하는 부류이기도 하다. 우리의 서사라는 것은 이미 성경이나 신화에서 비롯된, 인간이 만들어낼 수 있는 거의 모든 갈등과 관계의 반복에 불과하기 때문이다. 작가는 신화나 성경에 그려진 서사를 현대적으로 재해석하고 재현할 뿐이다.

다른 사람의 작품에 대한 표절은 물론이고 소개한 영화에서처럼 자기 표절에 대한 강박에 시달리는 작가는 생각보다 꽤 많다. 혹여 무의식중에라도 다른 사람의 문장을 훔치지 않을까 노심초사하는 이들이 많은 것이다. 그런데 누가 보아도 의도적이고 의식적인 표절임이 분명한 경우가 종종 일어나는 것을 보면 허탈하기도 한다. 그렇게까지 해야 하는, 할 수밖에 없는 이유가 뭘까. 작가의 편에서 이해해보려 해도 좀체 알 수 없는 일이다. 단지 실수라기에는 문학적 기만이 너무 크다. 그러나 일련의 사건으로 표절에 대한 강박은 더 심해졌으니 교훈은 남긴 셈.

문학잡지도 그저 잡지라는 것

지금은 단언컨대 문예지의 시대다. 혹자들은 문학의 위기와 더불어 문예지의 종말을 말하곤 하지만 나는 반대로 생각한다. 지금은 문학 부흥의 시대로 가고 있는 중, 문학이 제 몫을 할 유일한 시대일지도 모른다. 사람들은 나를 이상하게 생각하고 판단력이 온전치 못하거나 억지를 부리는 것이라고 말할 것이나 아무렴 상관없다. 누구나 문학의 종말을 말하는 시대야말로 역설적으로 가장 그 효용이 가능한 것이라고 믿는다. 이는 우리가 겪은 일들을 앞서 경험한 나라들을 예로 보는 게 좋을 듯하다. 이런 문학의 종말에 대한 우려를 서양은 수

십 년 전에 겪었지만 어디에서도 문학이 사라진 곳은 없다. 몇십 년이 지난 지금의 서양문학은 오히려 문학의 본위가 더욱 강화된 느낌마저 든다.

문제는 그 문학의 패러다임이 너무 빈번하게 바뀌어 이제는 그 진위가 어디에 있는지 모를 뿐이다. 예전에는 문예지가 그 역할을 성실히 수행했다고 한다면, 지금은 아니라는 얘기일 수도 있겠다. 인터넷과 SNS의 홍수 속, 빨라진 속도 안에 문학잡지는 조금 느리게 걷고 있는 것뿐이다. 아무도 문예지를 읽지 않는 시대는 맞지만 문예지의 죽음이나 문학의 종말을 논하기엔 성급하다. 문학잡지는 다른 매체와는 달리 많이 느릴 뿐이다. 느린 걸음으로 영원히 남을 종이책. 그렇기에 문학잡지도 사라지지 않을 것이다.

유일하게 오래전 창간호부터 모으던 문학잡지가 있었다. 『문학동네』였다. 대학 신입생 때 창간됐다.(또 모으던 잡지는 영화를 다루는 『kino』였다. 폐간될 때까지 꾸준히 읽고 모았는데 언제 버렸는지, 지금 책장 어디 구석에 먼지를 뒤집어쓰고 있는지도 모르겠다. 또 한때는 잡지 『베스트셀러』에 매료되어 사 모은 적도 있다.) 다른 이유는 없었다. 그냥 재미있었다. 조금 새로웠고 약간 참신하다고 생각했다. 그 조금과 약간이 이유 전부였다. 지금 생각해보면 표지와 내지 디자인이 그 재미의 연유였던 것 같기도 하다. 그러니까 콘텐츠는 다른 잡지와 다르지 않았다. 작가들 사진도 실리고 본문 편집도 여백이 많아진 정도였지만 매 호를 기다리게 만드는 설렘이 있었다. 소장하게 만든 유일한 잡지들이었다. 물론 돈이 없어 간간 빼먹는 호도 부지기수였지만 말이다. 그런 달이면 다른 학생들보다 먼저 그 잡지들을 차지하려고 부지런히 학과 사무실에 들르곤 했다. 물론 『창비』와 『문학과사회』나 『작가세계』도 읽었다. 계간 문학잡지를 읽는 이유는 단순했다. 발표되는 소설이나 시를 찾아보기 위해서라기보다는 특집으로 꾸며진 비평을 읽기 위해서였다. 계간 문학잡지는 얄팍한 문학적 지식을 채우는 수단처럼 여겨졌고 게으른 독서에 대한 최소한의 변명을 위한 도구였다.

아이러니하게도 애지중지하던 『문학동네』를 모으지 않게 된 것도 『창비』 『문학과사회』 『작가세계』 『현대문학』 같은 잡지에 시큰둥하게 된 것도 등단을 하고부터였다. 가끔 내 소설이 실리는데도 문학잡지를 대충 훑어만 봤다. 나는 잡지를 공부하듯이 읽던 오래전 버릇을 버렸다. 목차를 쓱 훑어보고 어려운 비평은 대충 건너뛰고 신작시나 소설만 읽는 것이 일상이 되어버렸다. 재미를 잃었기 때문이었다. 이제 문학잡지를 읽어도 배부르지 않기 때문이었다. 지적 허영을 채워주지도 않았고 문학잡지를 읽는다고 게으른 독서에 대한 부채감이 사라지는 것도 아니어서였다. 내가 속해 있고 뛰어노는 장임에도 가장 먼저 흥미를 잃었다. 그게 뭐 잘못됐다는 말인가. 나는 아니라고 생각한다. 잡지란 원래 그렇게 쓱 보고 버리는 게 맞는 것이다.

집에 책이 점점 늘어나면서 아주 가끔은 책을 정리하고 버려야 했는데 그때마다 가장 먼저 그간 쌓인 문학잡지를 내다버렸다. 문학잡지의 운명은 왜 그렇게 됐을까. 원래 그러한 운명을 타고난 것은 아닐까, 사실 그런 불순한 의문이 들기 시작한 것은 아주 오래전부터였다.

어렸을 적 살던 집 부엌 위 다락방에 아버지가 젊은 날 읽고 모아두었던 문학잡지가 쌓여 있었다. 『사상계』 『창비』 『문학과지성』 같은 잡지였다. 먼지를 뒤집어쓰고 다락방에서 늙어가는 문학잡지의 운명을 나는 어린 날에 목도한 것이다. 결국 다락방이 헐리던 날 아버지가 애지중지 모았던 문학잡지들은 누런 쌀포대에 담겨 고물장수 리어카에 실려갔다. 대신 받아온 빨랫비누로 엄마는 속까지 시원해지게 한바탕 빨래를 했다. 실상, 어린 나에게 책을 버린다는 일은 엄청난 충격이었던 모양이다. 초등학생 때인데 지금까지 기억이 선명한 것을 보면 말이다. 그러니까 문학잡지의 운명은 그 시절이나 지금이나 마찬가지로 책 중에서 가장 먼저 버려져 화형에 처하거나 재생될 수밖에는 없는 존재였다. 그런데 요즘 책의 생명력이 가장 짧은 문학잡지에 이 하고 많은 사람이 목을 매는 것에는 필경 연유가 있지 않을까, 문예지의 종말을 우려하는 사람들의 속내에는 다른 이유가 있지 않을까, 불순한 의문은 점점 늘어나는 것이다.

솔직히 나는 잡지란 그렇게 살다가 쓰레기가 되는 것이 당연하다고 믿는다. 그런 의미에서 우리의 문학잡지는 버리기 좋은 훌륭한 물품이었다. 그런데 문제가 생겼다. 어차피 버려져야 하지만 읽히고 버리기 아까운 쓰레기가 되는 것과 봉투째 개봉도 하지 않고 버려지는 운명은 다를 수밖에 없다. 아무도 읽지 않는 문학잡지를 계속 발간하는 것은 그 의미가 다른 일이다.

　더구나 문예지 내용도 재미가 없다. 일반인들에까지 독자층을 확대하기 전에 이걸 업으로 삼고 있는 시인, 소설가, 평론가, 출판업자들도 읽지 않는 잡지가 넘쳐 나게 되었다. 그 의문에 대한 답은 정확하지는 않겠지만 짐작하지 못할 일도 아닐 것이다. 읽지 않아도 문예지가 어떻게 만들어지고 어떠한 내용으로 채워져 있는 줄 알고 있으니까 읽지 않는 것이 아닐까. 왜 그렇게 되었나를 따지려는 것이 아니다. 그럼에도 왜 문학잡지를 만들려고 하는가. 이 물음에 대한 답에 문학잡지의 미래가 달렸다.

　문학잡지는 관심 있는 사람들은 다 아는 바 좀 특별한 구석이 있다. 하나로 규정할 수는 없는 하나의 '장'인 것이 분명하다. 문예지는 언젠가부터 상품을 사고 팔기 위한, 좋은 상품을 고르기 위한 상업적 장으로서의 역할이 더 커졌다. 혹은 그런 일을 할 수 있는 사람들을 선택할 수 있는 점포 같은, 또 혹은 상품화된 글과 사람을 내놓은 좌판 같은 느낌도 더해졌다. 엄밀히 말하면 그보다는 훨씬 더 좋은 콘텐츠를, 그러니까 텍스트와 담론을 만들어내기 위한 문학 서포터즈의 개념이 중했음에도 말이다. 잡지를 돈 벌려고 만드는 출판사는 한군데도 없는 게 분명한 사실이다. 그럼에도 그 많은 출판사는 왜 문학잡지를 만들려고 할까. 이 지점에서 불순한 의문을 거둘 수가 없는 것이다. 정말 문학을 사랑하고 하나의 장을 열어 의미 있는 텍스트를 생산해내려는 의지만으로 출판사가 일 년에 몇 천만 원을 손해 보며 문학잡지를 발간한다고 보기 어렵기 때문이다. 이런 생각은 내가 속물이 된 탓일지도 모르겠다.

그런 의미에서 대안으로써 문학잡지를 작가나 시인들 혹은 출판편집자 등의 사람들이 방향성을 다르게 바꾸어보고자 하는 실험들이 진행되는 것은 매우 고무적이다. 여러 문학적 상황, 이유도 있겠지만 그 시도 자체가 가시적으로는 어느 정도 성과를 거두고 있다고 믿는다. 지금이 문예지의 시대라고 말한 연유는 여기에 있다. 이 시도 자체가 의미 있고 재미난 일이 아니겠는가. 잘 버려질 쓰레기를 만드는 시도가 문학의 제1생산자들에 의해 이루어지고 있음은 굉장히 신선한 일이다. 그간 반복되고 있었던 문학잡지의 메커니즘에 대해 누구보다 잘 알고 있음은 물론이기 때문이다. 그리하여 나는 문학잡지의 상황이 그렇게 비관적이라 생각하지 않는다. 원래 문학은 재미있는 것이지 않는가. 문학을 맨 처음 시작했던 그 재미에 아직도 목매달고 있는 사람들이 나섰다는 얘기일 수도 있으니까. 어차피 문학이란 각자가 좋아하고 취향에 따라 읽을 사람만 읽는 게 아니던가. 그러므로 소수 마니아를 염두에 둔, 다양성 안에 만들어진 독립 문학잡지의 성격은 문학의 가능성에 대한 올바른 방향일 수 있을 것이다.

이런 이들에 의해 만들어진 독립 문학잡지의 성격을 보자면 자신들이 느꼈던 문학의 맨 처음에 충실하고 있음을 충분히 느낄 수 있다. 그러므로 문예지 독자의 일반층은 그다음 문제일 것이다. 독자 자체가 없는데 가상의 독자를 염두에 두고 문예지를 만드는 것은 옳은 일이 아닐 테니 말이다. 영상과 SNS의 영향력 아래 놓인 현재, 문예지의 효용을 따지는 것이 무의미할지도 모른다. 하지만 그렇다고 모든 문화 매체가 전부 영상과 SNS으로만 대체 가능한지 확신이 들지 않는다. 물론 팽창하는 영향력을 막을 수는 없을 것이다. 하지만 그렇다고 전부 사라지거나 웹의 영향력으로 들어가지도 않을 것이다.

여전히 종이책의 효용을 믿는 사람들은 존재한다. 문학잡지가 한계에 다다랐다는 말에는 동의할 수 없는데 분명 나 같은 사람이 이 땅에 몇 명은 있으리란 믿음 때문이다. 오히려 모든 게 빠르게 변화하고 변모하는 시대에 가장 근본적이고 근원적인 가능성에 대한 믿음은 여전하다. 어떤 면에서는 문학잡지의 성격이 저마다의 다양성 안에서 더 완고해져야 한다. 자꾸 뭔가 잘 안 되니까 이렇게 저렇게 바꿔보고 남들 잘되는 거 따라 한다면 결국 그나마 남은 소수도 다 잃게 될 것이다. 비슷해진다는 것은 서로를 잃어가는 일이다.

이상적인 문학잡지를 생각하다보면 가장 단순한 것만 떠오른다. 시, 소설, 비평이 있고 그 안에서 새로움과 담론을 목도하는 것, 그 이상이 떠오르지 않는다. 문학잡지가 재미 없어진 이유는 잡지의 개성이나 성격을 잃어버린 탓이 크다. 지금은 한 잡지가 인문학적 담론을 선점한다는 것은 불가능하다. 그런 시도나 의도는 지금보다 더 어려운 상황을 스스로 만드는 일이다. 칠팔십년대 한국문단을 양분하던 문학잡지의 영향력을 꿈꾸는 말인데, 이제 그런 시대는 오지 않을 것이다.

문학잡지의 독자층은 점점 소수가 되어갈 테고 마니아적인 측면이 강해질 것이다. 그들을 위한 잡지를 만드는 게 문학잡지의 정체성이 될 것이다. 만드는 사람들은 그렇게 되도록 더 고집을 부리는 게 맞을 것이다. 문학이 줄 수 있는 재미만 고려한다면, 각각 개성과 방향성이 다양한 다른 잡지가 여럿이 함께 선다면 지금의 문예지 한계론 같은 말은 사라질 것이다.

그간 우리는 문학잡지 한 권에 너무 많은 의미와 미래를 담은 게 아니었던가 싶다. 잡지는 그 계절이나 그 달에 읽히고 버려져도 좋은 것인데 우리의 잡지는 심오하고 핵심적인 인문학적 역할을 자처하는 데 몰두해온 게 아닌가.

『악스트』가 작년에 소소한 이슈를 끌어 창간된 연유에 대해 글을 써달라는 청탁서를 받고 난감하기 그지없었다. 그런데 아무리 좀 그럴듯한 이유를 찾아보려 해도 잘 떠오르지 않는다. 잠깐 이슈가 됐다고 성공적이라고 말할 수도 없을 것이다. 『악스트』는 점점 인기가 줄어들 테고 흔하디 흔한 잡지의 운명을 따를 것이다. 바람이 있다면 아깝게 잘 버려지는 잡지가 됐으면 좋겠다. 잡지를 만들게 된 이유는 그냥 단순하게 잘 놀아보려고 한 게 전부였다. 물론 출판사와 편집위원을 맡은 작가들마다 『악스트』를 발간하고 참여하게 된 이유가 각각 다를 것이다. 다만 출판사로부터 작가들이 생각한 그 '처음'의 자유로움과 재밌음에 대한 동의는 받았다는 정도는 밝혀도 좋겠다. 창간호 outro에 적었던 말을 요약하면 이렇게 적을 수 있을 것 같다.

독서는 숙명이고 쓰는 것이 운명인 우리를 위해 도끼(Axt)는 존재한다. 우리는 자기 안의 고독을 일깨우기 위해 책을 읽는다. 아직도 책이, 문학이 그런 생명력을 가지고 있음을 믿기 때문에 우리는 도끼(Axt)를 들었다.

내친김에 『Axt』 창간호를 펴낼 적의 글을 옮겨둔다.

'자기 안의 고독을 일깨우기 위해 사람들은 책을 읽습니다. 아직도 책이, 문학이 그런 생명력을 가지고 있음을 믿기 때문에 『Axt』를 만들게 되었습니다. 우리의 도끼는 무엇을 쪼개고 가르는 무기가 아니고, 자기 자신을 위해 가슴에 품기 위한 것입니다.

우리는 우리이기 위해 도끼를 들었습니다. 조금 덜

지루하고 재미있는 일을 하고 싶은 것뿐입니다. 책 읽는 것 좋아하고 글쓰는 것 좋아하는 사람들의 놀이터를 만들어보고자 합니다. 끝까지 살아남은 책의 운명을 존중하고자 하는 것입니다.

우리가 들고 있는 도끼가 가장 먼저 쪼갤 것은 문학이 지루하다는 편견입니다. 『Axt』는 지리멸렬을 권위로 삼은 상상력에 대한 저항입니다. 우리는 매혹당하기 위해 책을 읽습니다. 나눌 수 있는 쾌락을 나누고 싶습니다.

『Axt』는 작가들을 위한 잡지가 되면 좋겠습니다. 독자는 물론, 소설가들끼리 활발하게 이야기할 수 있는 장이 되었으면 합니다. 팔리지 않는 소설에 대해 소설가가 비난받는 세상에 우리는 서 있습니다. 위로와 격려의 판이 되길 바라며 기꺼이 『Axt』를 내놓겠습니다.

문학은 그냥 즐거운 겁니다. 『Axt』가 쾌락을 위한 도구가 되었으면 합니다. 문학의 즐거운 도끼가 되면 좋겠습니다. 더불어 오브제로서 매력도 갖추도록 노력하겠습니다. 문학을 시각적으로도 즐길 수 있는 도끼를

만들겠습니다.'

배추벌레 잡던 할머니

새벽에 주로 밭일 하세요

나는 오래전, 토지문화관에 사 개월씩 두 번, 팔 개월
을 살았다. 공교롭게도 내가 낸 첫번째, 두번째 단편집
두 권을 토지문화관에서 탈고했다. 작가의 말 끝에 '토
지문화관에서'란 말을 꾹꾹 두 번 눌러 적었다. 내가 표
현할 수 있는 고마움의 전부였다. 첫 책을 묶기 위해 나
는 원주 토지문화관으로 들어갔다. 잠을 이루지 못하고
밤을 꼬박 샌 채 토지문화관 마당을 서성일 때가 많았
다. 미명이 천천히 밝아오고 새들이 하나둘 아침을 알
리는 소리를 가만히 듣곤 했다.

서서히 안개가 걷히고 마주보고 선 산능선의 평화로움이 확연해졌던 어느 날 새벽, 박경리 선생님을 처음 보았다. 토지문화관 창작실에 들어온 지 여러 날이 지난 후였다. 선생 댁 마당에는 혼자 일구기엔 꽤 넓은 텃밭이 있었는데 거기에 쭈그리고 앉아서 일을 하고 있었더랬다. 그 넓은 텃밭을 혼자 일군다는 말에도 놀랐지만 이른 새벽 무슨 일을 하시는지 궁금해서 참을 수가 없었다.

"선생님 배추벌레 잡으세요."

"저 넓은 밭의, 배추의 배추벌레를 다요? 손으로요?"

"밭에서 일하는 거 창작실에 와 계신 선생님들이 보면 부담 갖는다고 안 들키려 새벽에 주로 밭일 하세요."

손수 정성을 다해 농사짓고 만든 음식을 후배 작가들에게 먹이시는 친할머니 같은 자상함에 감동받은 것도 물론이었지만 선생이 내민 배려가 마음속 깊이 울림으로 남았다.

짠한 짠지

토지문화관에서는 모든 것이 자유롭고 작가 개인에게 자율성이 보장되지만 꼭 지켜야 하는 것이 있는데, 바로 밥 시간이다. 때때로 아무것도 하지 못한 고통스러운 밤을 보낸 이들의 침묵으로, 또 어느 방에 모여 밤새 취한 숙취로 하루를 여는 점심시간(아침은 자율), 어느 날 선생님이 그릇에 음식을 담아 식당으로 내려왔다. "밥 먹는 데 신경쓰일까 잘 안 내려오는데, 단지를 헐다 꼭 먹이고 싶어서……" 선생님이 들고 있던 쟁반에는 각종 짠지들이 얹혀 있었다. 무짠지, 고춧잎, 콩잎 등등.

"밥은 입에 맞나 몰라 항상 걱정이고, 어쨌거나 편안하게 맘 편하게 있다 가세요. 여서 뭘 많은 걸 하려고 하지 말고 그저 푹 잘 쉬고 일은 돌아가서 해도 되고. 하이튼 여기서는 아무것도 안 하고 잘 먹고 잘 쉬고 가면 돼요. 그게 바람뿐이고……" 선생님이 쟁반을 식탁에 내려놓고 수줍게 웃었다. 선생님이 내려놓은 짠지, 정말 짠했다.

『토지』 읽던 밤

대학교 2학년 여름방학이었다. 미루고 미루었던 일을 해치우러 고향에 내려갔다. 여름방학 내내 홍명희 선생의 『임꺽정』과 박경리 선생의 『토지』를 읽었다. 한국문학에 대한 자랑스러움으로 가슴 벅찼던 그 여름밤을 잊을 수가 없다. 두 질의 소설을 읽는 동안 이미 여름은 가고 없었다. 분명히 남은 건 내가 평생 뭘 해야 하고 써야 하는지 하는 것. 모름지기 소설쓰는 작가란 무엇과 마주서야 하는지를 알게 해주었던 여름밤.

소설 『토지』 얘기는 가급적 삼가야 한다. 생각보다 읽지 않은 사람이 많기 때문. 꼭 읽어봐야 한다. 드라마를 봤으니 읽어보지 않아도 된다는 생각, 바꾸고 읽어보시길. 선생에 대한 무한한 존경심은 물론, 유려한 문장 속에 깃든 장인의 혼에 숙연해지는 마음은 부록. 무엇보다 재미있음에 축복.

미루어두었던 검은 양복을 사다

맵시나는 검은 양복을 샀다. 여러 해 문상을 다니며 다음엔 꼭 검은 양복 한 벌 사야지 했었는데 부고는 언제나 갑작스럽게 찾아와 미처 마련하지 못했다. 추모 글을 다 쓰고 나면 난 새로 산 양복을 입고 선생님 장례식에 달려갈 참이다. 고인을 추모하는 산문을 쓰며 벽에 걸어둔 검은 양복을 힐끔거린다. 저 멋진 옷을 입고 장례식장에 서 있을 모습을 상상하며. 철없는 생각의 끝에는 결국 선생님께서는 내게 저 양복도 남겨주었는데, 난 뭐라도 드린 게 없나 하는 생각. 해보니 있다. 토지문화관에 무전취식하다 짐을 싸며 하는 고민 중의 하나는 선생님께 뭐라도 남기고 싶은 마음, 수소문 끝에 돌아온 답은 담배였다. 제일 순한 담배 두 보루를 놓고 나왔던 기억이 났다.

"담배가 참 맛있어. 근데 담뱃값이 올라서 그것도 만만치 않아" 했더랬다. 이후에도 나는 여러 선배 작가 동료들에게 담배 선물을 추천했던 기억이 났다. 결국 내가 앞장서 선생님 가시는 길 빨리 재촉했나 무거운 마음뿐이다.

결국 선생님께 드린 게 담배뿐이라니. 내게는 선생님께서 남긴 사소함의 연유도 이리 많은데……

사랑으로 만든 길

선생님은 작년 초 토지문화관에 새로운 창작실 '귀래관'을 지으시고 무척이나 좋아했더랬다. 귀래관은 여러모로 선생의 자상함과 작은 배려까지도 가득한 곳이다. 귀래관에서 본관으로 가는 길이 있는데 그것도 선생님께서 직접 돌을 놓아 만들었다. 오랜만에 뵈었을 때 그 돌을 놓다 허리를 다쳐 몸이 좀 불편했었다. "내가 이리 늙었어도 아직 돌 들 힘이 넘친다니까. 내 특기 중의 하나야. 지금도 돌 잘 나른다고……" 염려하는 후배 작가들에게 선생님이 말했다. 때마침 스승의 날이어서 인사하러 간 자리였다. 매일 지나다닐 길이 걱정되어서 쉴 수 없었다고 했다. 마음 한쪽이 싸해졌고 선생의 마음 씀씀이에 진심으로 고마웠다.

어느 날 귀래관 휴게실 냉장고를 열어보니 소주 수십 병이 들어 있었다. 처음엔 자기 물건이 아니니 손대지 않고 그냥 두었는데 여러 날이 지나도 냉장고 안의 소주는 그대로였다. 사람들이 하나둘 모여 냉장고에서 소주를 꺼내 먹기 시작했는데 꽤 오래, 매일 밤 휴게실에서는 작은 파티가 벌어졌다. 서먹서먹했던 사이의 통성명이 이루어지고 각자 방에 틀어박혀 하고 있는 작업 이야기들을 나누며 매일 밤 소주로 친해져만 갔다. 후에 소주를 다 먹은 후에, 도대체 그 많은 소주는 누가 넣어놓은 것인지 궁금해졌을 때에야 알았다.

"요즘 젊은 사람들, 작가들은 술을 너무 안 마셔. 작가들이 젊었을 때 술도 마시고 해야지. 밤에 모여 술 마시며 웃고 떠들고 때론 싸우기도 하는 소리를 멀리서 들으면 참 좋아."

선생의 기대에 부응, 우린 열심으로 철없이 매일 밤 취해갔다. 선생님께 효도하는 마음으로.

기왓장으로 쌓은 작은 연못 담

선생님을 마지막으로 본 것은 작년 가을이었다. 아침

에 볼일이 있어 읍내에 나가려는데 갈 수 없었다. 귀래
관 마당, 선생님이 이른 아침 작은 연못가에 기와를 일
일이 쌓아 담을 만들고 있었다. 나는 망설이다 일하는
선생님 옆을 비켜 쭈뼛쭈뼛 지나갔다. 내가 기억하는
선생의 마지막 모습이다.

신문 기사를 보고 알았다. 작년 여름이 끝나갈 무렵
당신이 병이 깊다는 것을 알았다고 했다.

한 번밖에 불러보지 못한 '선생님'

꼭 한 번 소리쳐 선생님을 불러본 적이 있다. 한밤중
이었고 어둠을 밝히는 등불처럼 언제나 불이 켜져 있던
방을 향해 선생님을 불렀다. 기거하던 작가들 모두 모
여 노래 부르고 춤추고 놀던 밤이었다. 선생님의 불 켜
진 방을 향해 한 작가는 오징어 춤을 추었다. 그날, 그
밤, 부디 우리들 노는 것 보고 즐거워했길, 그게 마지막
일 줄 알았다면 밤새워 재롱 피울 것을, 너무 아쉽다.

두번째 불러보는 선생님, 선생님 평안히 쉬세요! 얻
어먹은 밥값 열심히 소설로 갚겠습니다.

어제、포도나무가 내게

1.

부지런히 돌을 줍고 옮기는 사람들을 알고 있다. 생각보다 그런 사람들이 주변에 꽤 많다. 강원도에서 주운 돌을 그리스 해변으로 옮겨놓거나 샌프란시스코에서 어렵게 돌을 들고 와서 전라북도 익산시 황등면에 버리는 사람들. 내게 문학의 어제는 무엇이었냐고 묻는다면, 쓸모없어 보이는 일을 사랑하는 사람들, 조용히 '돌을 나르는 사람들'에 관한 개인사라고 얘기하겠다. 돌을 나르는 일은 아무런 의미가 없을지도 모른다. 그러하면 또 어떠한가. 무의미 또한 다른 하나의 의미로 남게 되는 것. 그런 게 문학 아닌가. 문학은 결국 이쪽에 있는 돌을 저쪽으로 옮겨놓는 일. 의미를 만들면 찾을 수 있고, 없어도 상관없는 그런 일, 이런저런 생각 없이 돌을 열심히 나르고 버리는 일, 말하자면 돌을 나르는 숙명을 저버리지 않는 것.

2.

문학은 나의 어제였다. 그러다 결국, 오늘이 되고 내일이 될 것이다. 그리고 다시 어제가 될 것이다. 어제가 되고, 어제가 될 것이다.

3.

나의 어제는 한 열 살쯤 되었을까. 여름, 옛날 살던 집 마루에 앉아서 엄마랑 둘이 점심으로 상추쌈을 맛있게 먹고 있었다. 그때의 엄마는 참 젊었다. 찬은 별거 없었어도 우리에겐 시간이 있었다. 그 많았던 모든 시간이 흘러가버린 것을 엄마의 작은 상추밭을 바라보며 깨닫는다. 겨우 어제에서 어제로 흘러버린 달이나 쳐다본다. 뭔가를 빌어보고 싶어지는 밤의 끝자락.

4.

떠오르는 기억들이 내 것이 맞나 싶을 정도로 생소한 경우가 많아진다. 망각의 저편에 가라앉아 있던 것들이 생경해지곤 한다. 부끄럽고 때론 잊고 싶은 기억들, 느닷없이 잡념을 밀어내고 등장할 때면 당황스럽다. 시간이 지나고 나는 그런 것들을 쓴다. 쓰지 않고는 안 되는 순간이 찾아오고 나는 순응한다. 그렇게 내가 쓰는 그 모든 것이 망각의 저편에서 이편으로 넘어왔다. 그래서 근래의 기억과 시간은 빠르게 의식의 편에서 사라져 간다. 지금의 나를 잃고 과거의 나를 얻는다. 쓰는 나는 현재이고 생각하는 나는 과거다. 나의 개인적인 미래는 금방 망각될 것이나 쓰는 미래는 선명한 과거의 기억이 될 것이다. 현재의 모든 것이 저물기 시작한 지 꽤 되었으나 여전한 것은 모두 과거로부터 온다. 시간은 부지런히 흘러 결국 맨 처음 어디로 돌아가고 말 것이나 그렇다고 해도 그런 것을 생각하면 기대되고 설렌다.

5.

좋은 사람이 되고 싶었으나 글렀다. 문학을 했기 때문이라고 불퉁거리곤 한다. 삶의 온전한 방향성보다도 불온하고 불경한 것들을 먼저 알아버렸다. 하지만 아직도 그런 것들이 소설의 생명력을 이끈다 믿는다. 그러하여 삶이 흔들린 적이 여러 번이다. 그럼에도 아직 죽지 않고 이렇게 살아 이런 글도 쓰고 있는 것을 보면 개인적 삶의 아름다운 완성은 힘들 거라는 증거 같다. 내겐 그런 의문이 항상 있었다. 글쟁이들은 좋은 사람이어야 한다는 강박이 있는데 도대체 우리들은 왜 항상 이런 모습뿐인가. 당신이나 나나 우리들이나 그들이나 문학의 모습은 그래서 항상 비관적일런가. 그런가? 그래서 문학에 희망이 없다지만 불경한 그 상상의 맨 처음으로 돌아가 책상에 앉는다.

6.

어제의 어제, 여섯 살, 똥통에 빠진 적이 있다. 턱밑까지 똥엔 잠긴 나를 건져내어 수돗가에 세워놓고 씻기던 엄마의 얼굴이 환하다. 엄마는 가끔 웃고 때때로 구역질을 해가면서 나를 씻긴다. 그녀에게 내려앉은 햇살이 신비롭고 영험하다. 종교란 이런 것, 엄마에게 눈부시도록 환하고 찬란한 햇빛이 쏟아진다. 나를 똥통에서 건져내어 구원을 안긴, 다른 세상에 존재하는 언어가 내린다.

7.

　문학의 내일은 먼 서쪽, 위구르족들이 사는 카슈가르의 양꼬치집을 잊지 않는 것이다. 어제의 내일은 구글 지도로 위도와 경도를 검색해봐도 아무것도 뜨지 않는 곳, 분명 내가 이곳에 서 있는데 지도에 존재하지 않는, 세상에 없는 저곳을 기억하는 것이다. 내일의 내일은 그 존재하지 않는 곳에서, 양꼬치를 먹으며 위구르족의 언어를 더듬는 시간을 사는 것이다. 미지에 대한 상상력을 지도 밖의 누군가에게 전하고 싶은 의지로 불타오르는 우리의 내일들.

8.

　사주를 보러 갔다. 결혼을 안 한 게 점쟁이는 잘한 일이라고 했다. 삼십대에 결혼운이 들어 있는데 만약 결혼했다면 실패하고 어려움을 겪었을 것이라고 했다. 인생에 돈 같은 것이 들어올 운은 사주에 없고 겉만 번지르르한 빛 좋은 개살구라고 했다. 직장운은 나쁜 편은 아니나 안 다닌다고 해도 팔자에 큰 하자도 없다고 했다. 장사를 해보면 어떻겠느냐고 물으니 해보고 싶으면 해보라고 했는데, 어차피 잘 안 될 거라면서 금방 포기할 거라고 했다. 그러고선 한참 후에 내게 뭘 하는 사람이냐고 물었다. 점괘에 나온 폭삭 망한 인생이 부끄러워 대답을 망설이자, 혹시 언더그라운드 가수냐고 물었다. 이유가 뭐냐고 물으니 이름은 유명해지는데 돈도 없고 운도 없는 게 이상하다고 했다. 그게 언더그라운드 가수밖에 더 있냐고 했다. 대답을 기다리는 점쟁이 얼굴이 가련하여 나는 아주 작은 목소리로 문학을 한다고 말해주었다. 우린 서로 한동안 말이 없었다. 한참 후에야 점쟁이는 큰 의문이 풀렸다는 듯이 고개를 한번 끄덕였다. 그러더니 내 인생의 이런저런 흥망을 조금 전과는 정반대로 말하는 것이 아닌가. 사주도 그러하니 나는 어차피 문학이나, 해야 했다. 그게 내 과거고 현재고 미래이니. 사주도 빗겨가는 섭리의 일단락이려니, 점집을 나서며 생각했다. 그러다 언더그라운드 가수가 될걸 그랬나 싶어 콧노래를 흥얼거리며 집으로 돌아오는 길, 하늘은 더없이 높고, 깊었다. 이번 주일엔 교회에 가야지, 점쟁이 얼굴이 떠오르자 다짐했다.

9.

나는 취미가 많다. 점점 호기심이 많아지는 나이다. 자전거를 몇 달 타다가 싫증내고, 테니스를 치다가 러닝도 좀 하고, 요리를 배우고 가끔 해보다가, 농사도 좀

지어보려 밭을 알아보다가, 오디오도 좀 만져보고 음악도 들어보다, 그림도 좀 보러다니다가, 결국엔 뭘 쓴다. 모자란 뭘 좀 쓴 후에는 또 뭐 할 거 없나, 어슬렁거리다 차도 좀 마셔보고, 야구 배트도 좀 휘둘러보고, 목공을 좀 해볼까 목재소에 구경도 가…… 그렇다, 그 '좀'이 문학을 지키는 힘이다. 진짜 잘하게 되고, 진정한 취미가 되면 멀어진다, 희미해진다. 그러니 글쓰는 사람들은 뭐든 '좀'만 하는 것이 분명하다.

10.

나는 수백 년 전의 어제, 그런 경험을 한 적이 있다. 타클라마호칸 사막으로 들어서는 입구에 호손이란 마을, 그곳까지 가서 갈림길의 선택을 해야만 했다. 북쪽으로 방향을 틀어 몇 년을 걸어서 천산을 넘어 고향으로 돌아갈 것인가. 더 큰 추위와 높은 고도를 넘어 동쪽으로 갈 것인가. 아니면 서쪽으로 사막을 건너다 한 번 죽어볼 기회를 얻을 것인가. 또는 마지막으로 그 작고 뜨거운 마을에서 매일매일 더위에 시달리면서 물의 귀중함을 깨달으며 그럭저럭 살다가 흐지부지 사라질 건가. 하지만 어떤 선택이든 간에 내겐 정말, 그 거리가 너무 멀었다. 그 막막함을 떠올리면 아찔하다. 결국 나는 사막을 선택했는데, 겨우 살아남아, 수백 년을 지나 지금의 나로 남았다. 그랬더니 이생엔 문학의 갈림길에 서게 되었다. 나는 다시, 호손에 서 있다. 문학에서 최선의 선택이라고 해도 언제나 최선은 아니다. 북쪽으로 가면 천산을 넘어야 하고 서쪽으로 가면 사막이 가로막고 있고 남쪽엔 나를 죽이려 기다리는 종족이 진을 치고 있다. 무엇이 낫다고 할 수는 없는 그래서 인생에 확연한 우위도 생기지 않는 무형의 동물. 나는 사방 가로막혀 있다. 그래서 이생엔 문학의 호손에서 그냥저냥 살다가 모래바람 속으로 사라지는 생을 택하기로 했다.

11.

중국 맨 서쪽에 있는 트루판은 중국에서 가장 뜨거운 곳이다. 그곳은 포도 산지로도 유명한데 일조량이 풍부하고 일간 기온차가 커서 포도 농사에 제격이다. 얼마나 뜨거운지 근처에 화염산이란 곳도 있다. 트루판의 여름은 섭씨 50도까지 오른다. 직사광이 닿는 곳은 7~80도까지도 올라간다. 도시 전체가 지열 때문에 건식사우나와 다를 바 없다. 너무 더워서 어떻게 살까 싶은 곳이다. 하지만 그곳 위구르인들은 아무렇지 않게 잘 살아간다. 그들은 사막에 자신들의 포도나무를 심고 설산에서 내려오는 물을 받아 지하 수도를 연결해 포도 밭에 물을 준다. 그들은 뜨거운 땅, 모든 게 증발해버리는 땅에서 포도를 재배한다. 지하에 물을 가두고 포도를 가꾼다. 포도, 포도, 혀에서 구르는 아름다운 사막의 언어가 달콤하기만 하다. 내게도 그렇게 달디단 포도를 주렁주렁 매단 포도나무 한 그루 있었으면. 그러려면 불평은 그만 늘어놓고 포도나무를 심고 잘 가꾸어야 할 터. 시간은 점점 어제로만 흘러드는데 나는 여전하다.

2부

책은 책으로 말하고, 소설은 소설로 살아가는

콜레라 시대의 마감

— 가브리엘 가르시아 마르케스, 『내 슬픈 창녀들의 추억』, 송병선 옮김, 민음사, 2005

흔히 소설가들이 글을 쓸 때 사용하면 안 될 것만 같은 강박증을 불러일으키는 단어들이 있다. 대개 아주 큰 관념을 포함하는 것들이다. '생(生)'이라든가, '자궁' '죽음' '창녀' '존재' 등등 광범위하고 추상적인 단어들이다. 시를 배울 적엔 이런 단어들을 아예 쓰지 못하게 하던 선생도 있었더랬다.

여러 이유가 있겠지만 그 우주만큼 큰 단어 안에 삶과 인생을 압축하는 것이 불가능하리란 '현자'들의 현명한 판단의 가르침이겠거니. 그러나 그렇다 하더라도 그 단어들은 이제 너무 거대해져서 한번 사용해볼 엄두가 나지 않는 것이다. 기껏해야 귀뚜라미나 트렁크 같은 미물이 아직도 내겐 알레고리의 대상인 까닭이다. 그러나 마르케스는 어떠한가. 벌써 제목에서 위축감을 불러 책을 펴는 순간부터 그 맨 끝장을 덮을 때까지 저 속을 알 수 없는 우주의 주제를 펼쳐놓고 있지 아니한가.

이 여름, 마르케스를 읽는다. 작품 속 배경, 중남미에는 가본 적이 없으나 소설에 등장하는 여름의 찜득함을 짐작할 수 있다. 그것은 분명 내가 기억하고 가지고 있는 여름과 닮아 있다. 나는 이 여름을 전주와 익산과 구이, 그 일대에서 나고 있다. 오랜만의 귀향이라면 그러하다. 기껏해야 두 달 남짓이겠지만 서울로 대학을 간 후 이렇게 오랜 시간을 고향에 머문 적이 없었다. 이 여름은 그리하여 특별하다. 물론 여름이 지나면 서울로 돌아갈 것이다. 많은 비와 장렬한 태양의 빛을 고스란히 안고 돌아갈 것이다.

툇마루에 앉아 강렬한 햇빛을 바라본다. 간혹 흔들리는 나뭇잎을 눈으로 좇고, 흐르는 개울 소리에 귀기울이다보면 소설 속 떠 있는 중남미의 태양은 고스란히 지금, 내가 앉아 있는 구이의 햇빛과 겹쳐진다. 한 늙은 작가의 침침한 눈이 타는 불볕, 그 햇빛 속에 녹아 있다. 도달하고자 했던 욕망의 진위와 절대적인 미에 대한 집착이 담긴 태양을 바라본다. 속수무책 고스란히 받아들일 수밖에 없는, 타는 고통을 견딜 수밖에 없는 구이의 여러 것들을 바라본다. 아무 일 하지 않고 가만히 앉아있어도 등줄기에 엉기는 땀을 훔치며 달려드는 벌레를 손으로 쫓으며 떠나가는 사랑과 다가오는 사랑의 진위에 대해, 그 찐득함과 견딤에 대해, 내게서 멀어지는 모든 것에 대해, 마르케스의 죽어도 죽지 않는 사랑에 대해 생각하던 차, 모기가 도저히 긁을 수 없는 곳을 물었다. 도망가고 싶어도 갈 곳이 없고 숨고 싶어도 숨을 곳이 없고 오롯이 견뎌야만 하는 간지러움, 고통의 가벼움, 아픈 것인지 아프지 않은 것인지 잘 분간도 되지 않는 소설에 물림.

마르케스의 소설 『내 슬픈 창녀들의 추억』은 전작들과 그 선이 맞닿아 있다. 이름 없이 나오는 칼럼니스트 노인은 마르케스 자신을 연상케 하는 동시에 전작 『콜레라 시대의 사랑』에 나오는 플로렌티노를 떠올리게 한다. 무수한 여인을 원하면서도 끝내 자신의 동정은 하나뿐이라는 남자가 내린 사랑의 정의와 그것은 평생 지키는 것임에, 강행되어야만 하는 집요하고 고집스러운 사랑의 방식이 소설에 흘러가는 주된 이야기이다. 마르케스 왈(曰) '섹스란 사랑을 얻지 못할 때 가지는 위안'에 불과하다, 라는 허망하고 허무한 사랑의 진실 앞에 노인은 이 세상에서 가장 아름다운 것을 찾기를 원한다. 자신이 평생 그토록 사랑했던 아름다움에 대한 찬가인 셈이다.

그러나 마지막으로 자신에게 헌사하고자 했던 추억의 위안은 저물어가는 영혼을 일깨운다. 이 세상에서 가장 아름답다고 생각했던 것은 눈으로 좇았던, 탐했던 시간이 아니었음을 깨닫게 된다. '현자' 노인은 그 많은 섹스의 추억이, 더불어 그토록 고집스럽게 간직하고자 했던 동정이 '내게 등을 돌리고 태아 같은 자세로 잠들어 있는' 소녀를 보고서야 겨우 허상이었음을 깨닫게 된다. 이 허상은 자신이 그토록 간직하고자 했던 사랑 없음에 대한 위안이 아니라 사랑 자체였음을, 이제 사랑이 훨훨 타오르기 시작한 소녀를 통해 느낀다. 소녀가 가진 열정과 싱그러움은 고통으로 '현자'를 타락시킨다. '사춘기 소년처럼 앓으면서 스스로도 알아보지 못한 지경'에 이른 남자, 우리는 '남자'가 결국엔 무엇을 좇아 이 우주를 배회하며 결국 영혼의 완숙함에 이르러 겨우 자신을 발견하는지를 읽게 된다. 남자는 늙어서 '걸핏하면 눈물을 흘리는 울보'가 된 것이 아니었다. 늙었기 때문에 열정적인 감정에 충실해져 마음이 약해진 것도 아니었다. 다만 백 살이 되어서야 겨우 본래 자신이 감정에 충실하고 걸핏하면 눈물을 흘리는 울보라는 사실을 깨달은 것뿐이었다.

남자는 평생 살면서 자신이 누구인지 무엇을 느끼고 무엇을 사랑하는지 알지 못한다. 섹스의 추억이 위안이 아니라 매순간 동정을 바치던 여자의 사랑이었다는 것을 겨우 알아차릴 즈음 죽음의 환희는 눈앞에 다가온다. 자신의 영혼이 저물어갈 때에 '행복한 고통 속에서 훌륭한 사랑을 느끼며 죽도록 선고 받'은 것에 감사할 수 있는 것, 남자다. 여름이다.

이제 내년이면 나는 마흔이 된다. 삼십대의 마지막 여름을 이곳 전주에서 갈무리하고 있다. 더 특별할 것도 없고 새삼스러운 의미를 부여하고자 하는 것은 아니다. 다만 나는 뭔가 허물어지는 하나의 격정과 장렬한 태양이 내뿜는 열기를 고스란히 견디고 있는 그 무엇을 이곳에서 보고 있다. 마르케스 소설에 등장하는 남자가 평생 탐했던 세월의 가치에 대한 시선을 이곳에서 갖길 원한다. 바람이다. 이 도시의 세월을 빗긴 듯 오랜 역사를 간직한 채 묵묵하게 견뎌온 골목과 고택 사이에서, 현대적인 것과 마주선 조화에 대해서, 변하지 않는 사람들의 침묵 속에서, 그것들을 비추고 있는 쨍쨍한 햇빛 속에서, 나는 아직 실체화되지 않은 그 무엇을 좇고 있는 중이다.

나는 이제 늙어갈 것이다. 마흔부터는 늙어갈 것이다. 이 세상에서 가장 아름다운 것에 대해 욕심 부릴 것이다. 이 여름의 전주(前奏)가 끝나고 나면 강렬한 태양을 견디던 도시의 여러 날과 낮게 불어오는 바람과 작게 흔들리던 나뭇잎의 움직임에 대해 기억할 것이다. 내가 써야 할 것은 그런 것이다. 이 여름과 마르케스와 태양을 견딘 도시가 내게 건 주문이다.

늙지 않는 소설

— 최인석, 『구렁이들의 집』、창비、2001

책을 읽고 그 책에 대한 이야기를 해야 하는지는 잘 모르겠다. 책을 읽고 떠오른 다른 생각을 말하는 게 더 좋을지도 모르겠다. 한 권의 책을 읽고 덧붙일 말을 찾자니 난감하기만 하다. 뭔가를 쓰는 일은 뭔가를 읽은 후의 일, 또는 전의 일, 그런 시점에 와 있다. 강렬한 소설이라고 한다면 그곳에서 빠져나오기 전일 수도 있고, 뭔가를 쓰고 있는 지금은 그 소설에 생각이 머물러 있어서 아직도 무엇을 쓴다는 것이 영 별일처럼 느껴지기도 한다. 그러니까 아주 오랜만에, 최인석 작가의 『구렁이들의 집』을 읽었다.

흡혈 소설. 나는 늙지 않는 소설들을 그렇게 부르기로 했다. 책은 책으로 말하고, 소설은 소설로 살아가는 것뿐이니 어쩌면 리뷰는 무용하다. 그래도 이렇게 반가운 책과 마주할 때면 누군가에게 슬쩍 이런저런 수다를 떨고 싶기도 하고 그래서 책상 앞에 앉았다.

최인석 작가만큼 일관되고 고집스럽게 구차하고 비굴하고 절망적인 인간의 삶을 소설에 담는 사람도 드물 것이다. 그의 소설 면면이 굉장히 독특하게 읽히던 시절이 있었다. 푸슈킨이 얘기했던가, 작가는 과거를 봄으로써 미래를 보는 예언자라고 말이다. 팔십년대와 구십년대를 지나치며 그가 보아온 비관적 삶의 행태를 이천년대 들어서자마자 출간된 이 책에 담았다면, 이십 년이 지난 지금은 어떠한가. 하나도 나아지지 않은 우리들을 돌아보자면 그 독특하게 읽히던 면면이 지금 우리에게 더더욱 신선하고 새롭게 읽히는 것은 과장이 아니다.

꼭 이십 년 만이다. 내가 작가가 되던 해이다. 나는 이 책을 다시 읽으며 내내 지금보다 훨씬 에너지 넘치던 그 시절을 떠올려보려 애썼다. 독서하는 동안 작품 안에 작가의 에너지가 넘치면 읽는 이에게도 그만한 에너지가 필요하다는 것을 깨닫는다. 이제 나는 이십대 청년이 아니라 중년, 다리가 점점 가늘어져가는 시절에 당도했으므로 소설이 가진 에너지를 감당하기가 조금 버겁기도 했다는 말씀. 최인석 작가의 소설은 안 그래도 가늘어지는 다리 힘을 빼는 데 일조한 듯, 소설을 다 읽고 나서는 큰일을 치른 기분을 들게 한다. 소설집 안의 단편을 하나하나 읽을 때마다 준비를 해야 하는 시간이 필요했다. 이런 기분, 오랜만이다. 그러는 사이 애써 돌아가보려 해도 전혀 떠오르지 않던 한 시절이 기우는 햇살을 타고 슬그머니 앞에 와서 앉았다. 맞다, 그때 그랬다. 그런데 지금도 그렇다. 우리가 고전을 읽는 이유는 바로 이러한 진실 때문일 것이다.

이 세상은 진즉에 끝장났다. 그래서 소설이 탄생했다. 우리가 우리 스스로 인간성을 버리고 자본과 성공을 탐내며 무한한 경쟁에 돌입하기 시작한 그 기억할 수 없는 태곳적부터 종말은 암시되어 있었다. 그로테스크, 추하고 더럽고 금기시되어 있는 것들에 대한 탐닉이 소설의 자양분 아니던가. 우리 모습을 반추하고 우리가 만든 사회를 재현하는 일이 아니던가. 최인석 작가의『구렁이들의 집』에 실려 있는 다섯 편의 단편소설은 작가의 그러한 의무를 충실하게 따르고 있는 예증들이다. 이런 절망적인 삶 속에서 환상은 필수적이며 일탈과 금기를 넘어서고자 하는 욕망은 필연적이다. 특히 비관적인 인생과 되돌릴 수 없는 운명에 대한 환상의 실현은 이 땅의 샤머니즘, 신비롭고 신화적인 것마저 현실로 돌려놓는 마술을 부리고 있다.

특히「모든 나무는 얘기를 한다」는 부당한 권력이 낡아빠진 이데올로기를 활용하여 한 개인의 삶을 완전히 파괴하는 내용을 담고 있는데, 이게 근래의 많은 일과 겹쳐지며 읽혔다. 말했듯 역사는 돌고 돌아 재현되고 인간은 변하지 않는다는 명제가 소설에 생명력을 불어넣어 늙지 않게 만든다는 사실을 다시금 느끼게 되었다. 나무가 인물에게 말을 거는 장면에서 어떤 희열이 느껴지는 바, 속물스러운 내면에서 외치는 절규처럼 들리기도 했다.

「잉어 이야기―깃발에 관하여」는 치매에 걸려 망상, 환상 속에 사는 할아버지와 거짓말로 삶을 속이는 할머니, 부모에게 버림받은 내가 생을 어떻게 이어가는지 적나라하게 보여준다. 가난한 이들 가족에게 국가의 배려는 허락되지 않는다. 가난과 비굴은 같은 말일지 모른다.

「봉천동, 그 찬란하던 날」, 부인에게 상처받은 주인공이 세 자루의 칼을 품고 다니며 복수를 꿈꾸지만 자신과 다를 바 없는 비루한 삶, 피해자인 아내를 확인하자 마음을 돌려 먹는 장면은 우리로 하여금 종말의 세상에 대해 비장한 인간미까지 느끼게 해준다.

소설을 읽으며 참으로 오랜만에 느껴보는 원초적 감정선이 움직였다. 슬펐다. 하염없이 아리었다. 우리가 살고 지내온 모든 것이 물속 아래 가라앉아 있는 듯 아주 고요하기만 한데 불안하다. 변한 것이 아무것도 없기 때문이기도 하고 문제는 여전히 남아 있기 때문이기도 하다. 심연의 고요함. 몇천 년 동안 인류는 하나도 바뀌지 않았다. 서사의 진리이다. 인간이 만들어내고 풀지 못하는 갈등은 태고부터 지금까지 여전하다. 소설이 살아갈 수 있는 힘이다. 지나간 과거는 우리가 애써 구하고 찾으려 했던 것들이다. 우리에게 왔음에도 우리는 알아보지 못하고 지나가버렸다.

소설은 소설 스스로 살아간다. 한번 읽히고 책장 구석에 수십 년 동안 먼지를 뒤집어쓰고 쓸쓸히 소멸되어가는 운명이 있는가 하면, 때가 되면 반복적으로 읽힘으로 되살아나고 새로운 생명력을 얻어 흡혈 소설이 되어가는 것도 있다. 운 좋게 중고시장에 넘어가 여러 사람의 손을 거치게 되는 것은 오히려 장수할 운명의 책, 좋은 징조라고 여기는 편이다. 최인석 작가의 소설은 인간의 종말적인 풍경이 사라지지 않는 한 영원히 늙지 않는 소설이 될 것이다.

늦은 오후, 창밖 햇빛이 너무 강렬해서 책을 덮었다. 봄햇살이 이러하면 안 될 일이라는 생각이 드는데, 구십년대가 그랬고 이천년대가 그랬다. 뭐가 남았던가. 무엇을 남겼던가. 우리의 의지는 왜 그리 멀리 도망가버렸던가. 점점 내게 슬금슬금 다가오는 해질녘 햇빛을 슬쩍 피하며 생각했다. 여전한 소설. 거기 그대로 기다리고 있었던 소설과의 조우가 참 쓸쓸했다. 그로테스크라, 얼마나 심취했었던가. 소설이 버거워 밤잠을 설치던 시절. 뭔가를 쓰고 싶어 안달나게 만들던 소설과 마주한 하루, 그때나 지금이나 달라진 것은 없었다.

세상의 바깥에서 지켜보는 관대함

—나쓰메 소세키, 『도련님』, 송태욱 옮김, 현암사, 2013

나쓰메 소세키가 『도련님』을 쓴 것은 1906년의 일이다. 단편이나 소품을 빼고 『나는 고양이로소이다』 (1905~1906) 이후 본격적으로 창작의 열망을 담은 두번째 장편이다. 단 십이 년 짧은 창작 기간 동안 활동한 그가 일본 근대문학에서 국민 작가의 칭호를 받는 데에는 여러 이유가 있을 것이다.

소설이라는 것은 서구문명의 발달로 체제의 변화와 서구철학을 실증하는 장르라고 하는 데 이견이 없다면 동양의 소설은 모두 십팔 세기 후반 이후 생소하기 짝이 없는 새로운 시도임이 분명하다. 우리의 여건만 보아도 소설이란 장르에 대한 개념이 정확히 적용된 시점은 이광수의 첫 소설이 발표된 이후 한참 뒤의 일이다. 반면 이광수와 비슷한 일본 자국의 문학사적 의미를 두고 보아도 나쓰메 소세키의 처음은 처음이 아닌 것처럼 소설에 꼭 있어야 하는 일반적인 형식에 능숙하다. 현대소설에서 개념이 정립된 캐릭터라든지, 작가의 주제의식, 개성 있는 문장 등이 현대와 비교해도 뒤지지 않는 처음인 것이다. 일본인들이 자기들의 문학적 자존감을 갖지 않을 수 없는 대목이다.

중국의 루쉰이나 우리의 이광수가 개도된 소설가의 입장에서 민초들에게 설법을 꾀하는 후기 봉건적인 사고에서 출발한 일종의 계몽류 소설이 처음이었다면, 나쓰메 소세키에게서는 이미 봉건주의를 넘어선 산업사회로의 변이에 기반을 둔, 마치 사실주의에 기반을 둔 찰스 디킨스의 선험적인 시선이 엿보이기도 한다. 그도 그럴 것이 누구나 아는 바 일본이 맨 먼저 서구에게 모든 문명을 개방한 환경은 차치하고서라도 나쓰메 소세키가 도쿄제국대학 영문학부를 졸업하고 1900년, 일본 문부성에서 선발한 유학생 자격으로 영국에서 본격적인 영문학 공부를 한 사실은 눈여겨볼 만하다. 그는 영국과 독일 등 유럽 한복판에서 이십 세기 데카당스의 출물을 경험한 자로, 소설에 대한 개념이 동양적인 사고의 변화로부터 시작된 것이 아니라 소설의 현재를 일반적으로 경험한 서양인의 사고와 다를 바 없는 것이다. 그의 소설에서 인위적인 한계가 드러나지 않는 이유는 그 때문이다.

『도련님』은 그런 의미에서 유학 후에 본격적으로 소설을 쓰기 시작한 나쓰메 소세키의 맨 처음 소설로 보아도 무방하다. 『나는 고양이로소이다』가 문학적 호기심의 시도로 출발한 것이라면 『도련님』은 근대의 작가들이 매달렸던 체험적 소재를 통한 사실주의의 실현이 녹아든 동양 맨 처음의 작품으로 볼 수 있다. 졸업 후 도쿄고등사범학교에서 교사로 사회에 첫발을 내디뎠던 그가 이 년 후에는 심한 신경쇠약 증세를 보여 시코쿠에 있는 마쓰야마중학교로 전근하였는데, 이때의 경험이 소설 『도련님』의 모티브로 작동되었다는 것은 눈여겨볼 만하다. 자신의 경험을 토대로 구성한 작품은 제목에서 의미하는 바, 사회의 절대적인 선과 미에 대한 기준을 제시하고 있는데 특기할 만한 점은 상징적으로 풍자되고 있는 인물들이다. 도련님인 '나'는 아주 뚜렷하고 일관적인 캐릭터를 유지하고 있는데 이는 이 소설이 궁극적으로 어떤 지점을 포획할 것인가 하는 중요한 문제이기도 하다. 우리에게 '도련님'은 누구인가, 하는 질문은 지금도 나쓰메 소세키의 소설이 여전히 이 시대에 유효한 고전인 이유를 보여준다.

중국 작가 위화의 소설 중 『인생』이라는 작품이 있다. 원작을 바탕으로 장예모 감독이 만든 영화는 칸영화제 심사위원 대상을 받기도 했다. 영화 〈인생〉과 소설 『인생』은 말하고자 하는 바가 좀 차이가 있는데, 소설이 인간의 보편적 삶과 죽음이 운명이라는 자연적인 섭리에 초점을 맞추고 있다면 영화는 서사적 관점, 즉 개인의 삶과 죽음이 중국의 근현대사 안에서 필연적 운명을 가져오는 시대성과 역사성에 대한 객관적인 태도를 취하고 있다.

위화의 소설 『인생』은 부귀라는 인물의 인생을 통해 전개된다. 이미 노인이 된 부귀가 자신이 살아온 인생을 덤덤하게 소회한다. 부유한 집안의 외동이었던 부귀는 도박으로 하룻밤 만에 전 재산을 잃고 초가집에 사는 농사꾼 신세로 전락한다. 손에 흙을 묻혀본 적도 없는 부귀는 어떻게 삶을 꾸려야 하는지 아무것도 알지 못한다. 얼떨결에 전쟁터에 나가기도 하고, 우여곡절 끝에 돌아와보니 딸은 듣지 못하는 농인이 되어 있고 아내는 불치병에 걸려 있다. 아들은 수혈을 하다 피를 너무 많이 뽑아 어이없게 죽음을 맞이하고 한쪽으로 머리가 기울어진 사람에게 시집갔던 딸은 출산을 하다 비극적 죽음을 맞이한다. 삶은 불행과 고통으로 점철돼 있다. 설상가상 아내도 병으로 죽고 사위도 사고로 세상을 떠난다. 외손자마저 콩을 너무 많이 먹어 허망하게 죽는다. 부귀는 사랑하는 가족들의 죽음을 지켜볼 뿐이다. 그는 할 수 있는 일이 없으며 삶의 운명론적인 불행을 막을 방법이 없다. 그는 그저 자신의 불행을 바라볼 뿐이다.

부잣집 도련님이었던 부귀는 세상에 대한 긍정과 관대함 말고는 아무것도 가진 것이 없다. 그저 운명 안에 던져진 자신의 인생을 받아들인다. 그는 사랑하는 가족들의 죽음과 시대적 비극 안에서 겪게 되었던 고난과 역경을 극복하는 과정에 대해 관조적 태도를 취한다. 이는 개인의 의지대로 삶의 방향을 잡을 수 없으며 불행과 고통마저도 순응할 수밖에 없는 자연의 섭리에 깃든 운명론적 인생관이다. 역사와 시대는 거대한 파도가 되어 밀려오지만, 우리의 도령들은 댕기머리를 만지작거릴 뿐이다. 자기를 삼키는 시대의 바다, 불행의 파도가 운명이라면 받아들일 수밖에 없는 순응의 인생이다. 정체성이라는 것이 확립되기까지 그들은 아무 부족함을 몰랐기 때문이다. 남에게 주는 법만 알았지 무엇인가를 구할 줄도, 사는 데 뭐가 필요한 것인지도 알지 못했기 때문이다. 그러므로 도련님 정체성은 인생에 무엇이 부족하고 무엇을 채워야 하는 것인지 모르는, 그렇기에 있는 그대로를 순응하는 태도에서 비롯된다.

하나 현실에서 삶의 부족함을 채운다는 것은 불가능하며 그 부족함은 욕망이라는 이름으로나 남게 되는 것, 그러므로 시대의 도련님은 욕망에 있어 자유롭다는 것이다. 이는 평화로운 세상의 문을 여는 발로이기도 하다. 부족한 것을 모르기에 갖고 싶은 것도 없고, 싸울 일도 없다. 인간이 만들어낸 욕심과 욕망의 집을, 도련님은 문밖에서 지켜볼 뿐이다. 세상 안에 존재하나 세상 바깥에 서 있는 것이다. 문제는 도련님에 대한 정체성의 환경은 그저 과거이고 도련님은 현실에 산다는 것, 인생은 쉬지 않고 흘러 시간 안에 모든 것이 함몰된 다는 것이다.

삶에 대한 순응, 긍정과 관대함이 『인생』에 등장하는 부귀의 천성이라면 나쓰메 소세키의 『도련님』 속 '나'의 천성은 순응과 관대함 위에 '정직함'이라는 무게를 더한다.

현실에서 도련님은 세 개의 자아로 존재한다. 과거의 부유한 시간을 사는 도련님과 지식과 지혜로 사는 이상의 도련님과 현실의 마음이 가난한 도련님이 하나의 '나'를 만든다. 달리 얘기하면 도련님은 다른 시간을 동시에 사는 것이기도 하다. 시간의 연속성은 도련님을 현실로 끌어내지만 과거와 이상과의 완전한 결별을 의미하진 않는다. 과거의 시간과 이상의 시간은 현실을 설득하고 순응하게 만들기 때문이다. 욕망의 상대적 입장에서 도련님의 현실은 불행이라는 이름으로 불리며 실패한 인생으로 묘사된다. 특히 경제적인 부가 성공한 인생의 정답처럼 여겨지는 자본주의사회에서는 더욱 그렇다. 상대적 박탈감에서 발현된 욕망의 전차는 도련님의 인생을 조롱하기 마련이지만 도련님의 과거 부유한 시간은 그러한 현실을 무력화시킨다. 돈은 삶의 다른 가치들, 예를 들면 윤리나 도덕, 체면 등에 비하면 하잘것없다는 사실을 도련님들은 이미 알고 있다. 돈이 있으면 좋으나 전부는 아니라는 정체성이 도련님의 현실을 지배하는데, 부가 절대적인 선이나 미의 기준이 될 수 없음을 과거의 시간이 증명하기 때문이다.

세상 바깥에 서 있는 도련님에게 가장 중요한 가치는 세상에서 가장 중요하다고 여겨지는 것이 아니다. 도련님에게 가치 판단의 핵심적인 잣대는 이제는 쓸모없어진 체면이나 솔직함이다. 도련님은 왜 뒷짐을 진 채 세상 바깥에 서 있는가. 여기의 세상이 이미 출세와 부, 허위와 위선을 동력삼아 구동되고 있는 거대한 시스템이라면 설명은 가능해진다. 이제 세계에서 쓸모없어진 것으로 절대적인 선을 구축하고자 하는 것, 아니 그런 것이 필요하지 않나 하는 물음이 소설『도련님』의 가장 중요한 정체성이다.

도련님은 도무지 이 세계의 안이 이해되지 않는 게 아니라 솔직하고 정직한 눈으로 세계를 지켜보고 있을 뿐이다. 안에 있으나 바깥에서 안을 보고 있는 자의 모습인 것이다. 『도련님』에 등장하는 '나'는 세상과 사람들에게 불평과 불만이 가득한 사람으로 비춰지지만 이는 위선과 허위를 똑바로 바라보는 직시의 풍자다. 이는 현대소설에서 널리 통용되는 아이러니 기법으로 읽히기도 하는데, 이를테면 '나'가 타인에 대한 감정이나 상황을 억제하고 배제하며 일정한 거리를 끊임없이 유지함으로써 괴리감을 불러오는 것을 말한다.

소설 도입부에 등장하는 가족에 대한 묘사는 특히 압권인데 특히 『도련님』의 첫 문장은 주제의식을 품고 있을 뿐만 아니라 '나'를 소개하는 동시에 시점과 배경까지도 포함한 완벽한 문장이다. 인물들의 감정을 억제한 채 기술되는 사실적인 상황 묘사와 '나'의 객관적 태도는 소설의 전개 과정에서 가장 두드러진 특징일 뿐 아니라 '나'라는 도련님을 이해시키는 중요한 도구이다.

'나'는 어떤 인물이나—심지어 가족까지도—사건이나 상황에 대해 일정한 거리를 가지고 있으며 이는 성격으로 형상화되는데, 이 거리감이 도련님과 세계와의 불화를 재는 기준이며 절대적인 선과 미가 형성되는 지점이다. 도련님이 세상에 품은 관대함은 세상으로부터 조롱이나 비아냥거림으로 돌아오곤 하는데 관대함과 순응이 도련님에게 곧이 돌아오는 경우는 오직 하나뿐이다. 바로 기요라는 할머니로 선과 미가 형성되는 지점이며 그녀로부터 세상과 불화의 거리가 나온다. 기요는 '나'를 키운 또하나의 어머니, 혹은 유모로 설정되어 있는데, 윤리나 도덕이 훼손되지 않은 채 세상의 바깥에서 세상을 직시하며 불화하고 있는 도련님이 정당함을 부여하는 자이기도 하다.

도련님이 기요에게 절대적인 선과 미를 의지하는 것은 당연하다. '나'가 확신하는 것은 오직 자신이 본 것과 느낀 것뿐이므로 누군가는 세상이 거꾸로 굴러가고 있음을, 도련님이 보고 느끼는 현실이 온당한 실체임을 객관적으로 확인할 수 있는 전능자가 필요한 것이다. 아니, 그 존재 자체가 어쩌면 아무짝에도 쓸모없어진 윤리와 도덕을 행할 수 있는 능력을 부여하는 신의 모습인지도 모를 일이다. 절대적 선 앞에서 윤리나 도덕이 이루어지지 않았을 때의 솔직한 도련님의 감정은 도련님이 진정으로 원하고 행하고자 하는 현실이 어떤 모습인지 짐작 가능케 해준다. 신도 때때로 연민을 느껴 마음이 가난한 현실의 도련님을 편애할 수 있지 않는

가. 부족한 것을 채우고 싶은 욕심과 끊임없이 갖고 싶은 욕망으로부터 자유로운 존재에 대해 신이 연민하는 것이 이상하게 보이지 않는다. 도련님은 그것마저도 객관적인 거리를 둔다. '나'가 보여주는 일관된 태도와 사람에 대한 일정한 거리감은 세상과 불화를 보여줄 뿐만 아니라, 세계를 창조한 신과, 인간들에게 부여한 윤리와 예의에 대한 순응을 다르게 얘기하는 것이다.

도련님은 외롭다. 정직해서 솔직해서 관대해서 순응해서 외롭다. 지금의 세상은 정직하면 손해 보고 솔직하면 비난받고 관대하면 무시당하고 순응하면 빼앗기는 곳이다. 도련님은 세상에서 손해 보고 비난받고 무시당하고 빼앗기면서도 관대하다. 이는 전혀 인간을 신뢰하지 않는 태도의 다른 마음이다. 인간을 윤리나 도덕, 예의 안에서 믿지 않기 때문이다. 이는 슬픈 일이면서도 그가 망가진 세상에서 꼭 필요한 존재인 이유이기도 하다. 반대로 말하기, 그것이야말로 재미와 유희라는 문학이 가진 최고 효용이 아니던가. 이미 한 세기도 전에 나쓰메 소세키는 그만의 방식으로 그것을 실현하지 않았던가. 백 년이 넘게 지났어도 그 방식이 촌스럽지 않다. 세상은 변하고 변했지만 그 안의 인간 본성은 바뀌지 않았다는 것이다. 도련님의 천성도 바뀌지 않음은 물론이다. 여전히 그의 소설 『도련님』이 유효한 까닭이다.

고무줄의 팽팽함과 느슨함 사이의

신화(神話)、아니 인화(人話)

―김민정、『그녀가 처음、느끼기 시작했다』、문학과지성사、2009

'**검은 나나**'가 처음, 시라고 한 지 어느덧 십 년이나
훌쩍 흘러가버렸다. 그리고 그녀의 고백대로 '**그녀는
처음, 느끼기 시작했**'다. 그녀는 분명 맨 처음, '**어떤 절
망**'에서 시를 시라 부르기 시작했겠지만, 십 년 전 '**그녀
가 처음 느**'낀 것은 '**유체이탈**'하여 본 자신의 '**살비듬**'이
었겠지만, 십 년이 넘게 흐른 지금, '**그녀가 처음 느**'낀
것은 '**고무줄의 약해진 탄성을 걱정**'하는 것. '**낡은 팬티**'
의 생명력을 지탱하고 있는 유일한 힘의 원천과 아랫
배에 깊은 자국을 남기는 고무줄의 팽팽함과 혹은 그
렇지 못한 느슨함 사이, 그 솔직함으로부터 그녀의 시

는 나온다.

'그녀가 처음 느'낀 '낡은 팬티의 탄성'만큼 문학의 이름으로 솔직하고 정직할 수만 있다면, 시가 됐건 소설이 됐건 우리의 말들도 애초부터 서사라는 어린(語鱗)을 가질 수 있었을 지도 모를 일이다. 정직함과 솔직함이라는 그 '얇은 막'의 말 비늘(語鱗)은 그녀의 시가 '시라는 이름'으로 '시답지' 않을 수 있는 이유인 것이다. 우리는 그곳, 그 '얇은 막'을 두고 세상과 등지기도 하며 그것을 뚫고 조우하기도 한다. 그것이 서사(敍事)라고 할진대, 그녀의 시적 더듬이는 언제나 그 '예상 밖의 효과'에 있는 것이니, 이야기의 유희 있음에 탄복할 수밖에. 이는 '시답지' 않은 것이 '시'일 수 있는 '그렇게나 기똥찬 것'임이다.

'마치 ……처럼', 말로 하자면 '참견쟁이 명수들'처럼 그녀의 기억은 인간이 꼭 인간만큼만 갖고 있는 인간성을 확보하는 데 최선을 다할 뿐이다. 인간에 '오바'하지 않음, 그것이 곧 신화가 아니겠는가 하는 것. 바로 그녀의 인간에 대한 온정인 셈이다. 하물며 신화(神話)가 되어버린 사람도 다시 인화(人話)시키는 부활을 감행함은 시의 착지점이 어디인지를 명징하게 보여준다. '**통닭 먹고 싶어 못 죽**'게 만든 '**유정**'과 '**10초49**'라는 '**시**'로 쏜 살같이 달리는 '**그린피스 조이너**', 그리고 '**이미 44년 전 다 해먹고 토**'낀 '**김수영**'은 단지 '**앞서 걷는 이가 있었으 니 시로 줄곧 그를 따**'라 왔던 그녀의 '**이상**'형, '**오빠라 는 이름 오바**'가 아님이다.

우리는 김민정의 등장 전, 시를 너무 높은 곳에 떠 있 는 구름으로 몰고 다녔었는지 모를 일이다. 그 오래전, 김수영의 말로 시는 '**어떤 절망**'에서 시작된 신성한 노 동이었음을 고백받은 이후, 지금 김민정의 말로 '**詩가 밥 먹여주**'는 시적(詩的) 일상사가 이제야 땅밑으로 강 림하였으니, 이제 시가 예술의 고품격을 떠나 그야말로 사람의 밥이 되는 순간인 것이다. 그녀의 두번째 시집 에 등장하는 무수한 인간 유형은 분명, 우리가 일찍이 시에서 동경하고 숭배했던 신화로 변모된 인간의 모습 이 아니다. 그러나 또 바뀐 것은 그다지 없다. 이미 그 녀의 기억 속 인물들은 지금, 한 동네의 설화가 되었거 나 민담이 되어가고 있는 중이니 말이다. '**학이 엄마**'나 '**민정 엄마**'의 비밀과 '**끽동 언니**'들의 '**짝짝 껌**'과 고인이 된 노시인의 '**미친 개새끼**'와 '**담당의사 김근**'과 '**시인 김**

근'의 '그런 말'과 '시인C'와 '시인K'의 '고비사막'과 '엄마의 고비나물'의 비밀은 이제 더이상 개인의 것이 아니요, 우리 동네의 설화이자 민담인 것이다. 그러니 그녀의 시는 새로운 '메뉴판에 new로 등재'된 항상 먹어왔던 밥의 새로운 메뉴인 셈.

평소 '민정 엄마'의 말대로 입맛에 맞지 않아도 정성을 생각해서 맛있게 먹어주는 것, '꺽동 언니'들의 새로운 메뉴에 도전하는 것이 신성한 노동에 대한 예절, 시에 대한 예의일지도. 그러나 먹어보니 그렇게 오랫동안 질리게 먹어왔던 일상적인 밥일 뿐인데 여전히 밥은 맛있다는 것.

그러나 영 입맛에 맞지 않는 사람이 있다면 '적절한 간으로 잘잘 구워지는 메추리알을 살살 까먹는 재미'라도 추천해드릴 수밖에.

※ ' ' 안의 굵은 글씨는 모두 김민정 시인의 『날으는 고슴도치 아가씨』『그녀가 처음, 느끼기 시작했다』 이상 두 권의 시집에 있는 시 구절에서 따옴.

결코, 가볍지 않은 나날들

— 제임스 설터, 『가벼운 나날』, 박상미 옮김, 마음산책, 2013

가장 완벽한 거짓말은 진실이라고 말해지는 것에서 하나의 진실을 감춘다. 우리는 그리하여 완전한 거짓말을 진실이라고 말한다. 감춰지지 않은 시간과 적나라한 추억은 진실한 현실이 되기 어렵다. 우리의 삶은 전부 말해지지 않고 하나가 숨겨졌을 때 완벽에 가까워진다. 개인의 삶에서 하나가 숨겨진 진실을 욕망이라 부르고 반대로 욕망의 실체가 드러났을 때 우리는 그것을 오히려 위선이나 허위라고 느낀다. 아흔아홉 개의 진실과 하나의 위선이 합해졌을 때 우리는 그것을 진실이라고 부를 수 있다. 욕망과 그것이 만들어낸 위선과 허위는 삶의 진실에서 꼭 필요한 무엇이다. 진실에서 멀어져 보이는 허위나 위선은 인간이 만들어낸 관계와 사랑, 삶을 지탱하는 가장 중요한 진리임이 분명하다. 참됨만으로 인간은 제대로 서 있을 수조차 없는 미물이 아니던가. 선으로 가득한 진실만이 요구된다면 우리는 어떠한 사랑도 우정도 결혼도 만들어낼 수 없으리라. 진실과 사실의 틈을 메워주는 것이 위선과 허위이기에. 우리는 그것을 현실이라고 부른다.

부부에게 결혼은 삶이고 현실이니 다르지 않을 것이다. 부부여서 벌어지는 틈, 공허함을 채워주는 가장 필연적인 요소는 거짓말이다. 이는 윤리적이거나 도덕적인 판단을 얘기하는 것이 아니다. 이중적이고 배반적인 진실을 얘기하는 것이 아니다. 부부여서 외롭고, 결혼해서 비어버린 마음의 한 가장자리에 대해 이야기하는 것이다. 같이 하는 시간이 쌓이고 서로의 추억과 기억이 한쪽의 편에 완전해지는 것을 말하는 것이다. 가족이 된다는 일에 대한 이야기이다. 어떤 문제에 대해 말하는 것이 아니라, 문제가 있기 때문이 아니라 사람이 사람이기 때문을 묻고 싶은 것이다. 사람은 언제나 혼자라는 자명한 사실에 근거한 물음 말이다. 사랑하기에 공허함과 덧없음이 생긴다. 함께하는 시간이, 서로에 대한 익숙함이 더욱 혼자였음을 깨닫게 만드는 것이고 우리는 숨긴다. 욕망이라는 이름으로 남는다. 어차피 '아무것도 가질 수 없는 존재'로 태어난 우리에게 '완전한 삶'이란 없다. 그러고 보니 제임스 설터의 『가벼운 나날』은 그 어쩔 수 없는 존재의 시간에 대한 고백이다.

『가벼운 나날』이 발표되던 해가 1975년이니 사십 년이 지난 지금에도 그 시대성을 전혀 느낄 수 없는 것은 아이러니하다. 아니, 아직도 유효한, 굳이 찾아보지 않고서는 현재성을 전혀 의심할 수조차 없는 소설은 심히 위대해 보이기까지 한다. 이 소설은 변하지 않는 현재성을 살고 있다. 우리가 알고 있는 고전은 모두 이런 의미를 갖고 있지 않던가.

제임스 설터의 장편소설 『가벼운 나날』은 앞서 소개한 문장과는 달리 역설적으로 한 중산층 부부의 완전한 삶에 대한 기록이다. 기억은 한쪽의 편에서만 만들어지는 것이어서 완연한 시간의 합은 불가능하다. 소설에서는 그 시간을 붙잡는 것이 거의 불가능하다. 기억의 합을 소설에 그리기는 더욱 힘든 일이다. 개인의 인생 전부를 소설에 담을 수는 없는 일이기 때문이다. 소설은 단면적이고 단편적인 것으로 전체의 밑그림을 보여주는 장르에 지나지 않다. 하나 여기, 그 완벽한 거짓말 즉, 진실에 가까운 소설이 있다. 『가벼운 나날』은 생의 한 단면을 포착하고 있지 않다. 소설에서의 시간은 더디게 흘러간다. 네브로와 비리의 사랑과 결혼, 일상은 아주 서서히 천천히 늙어간다. 한 생이 지난 듯 소설을 다 읽고 난 후에는 잔잔해서 그 깊이를 알 수 없는 심해의 침묵으로 서서히 가라앉는다. 소설은 아무 일도 일어나지 않지만 가장 완전한 서사를 품고 있다. 우리의 일상이 평생을 만들어내는 것과 마찬가지로 말이다. 빛마저 사라진 몇백 미터의 고요한 심해에서 내뱉은 한숨, 가벼운 떨림을 일으키며 공기 방울이 수면을 향해 아주 천천히 떠오른다. 수면 위 공기와 섞이며 그 흔적이나 향이 남지 않는 오래전, 깊은 곳에서 뱉었던 한 번의 호흡. 이 얼마나 "가벼운 나날"이 아니던가.

『가벼운 나날』은 결코 가볍지 않다는 역설적인 표현이기도 하고, 실제로 우리가 덧없이 흘려 보낸 사랑이나 결혼의 시간을 의미하는 것 같기도 하다. 그저 삶은 기억도 나지 않지만 언제나 존재했었던 소소한 나날의 기록이다. 네브로와 비리는 삼십여 년의 결혼생활에 종지부를 찍지만 그들은 깊이 사랑했고 서로의 삶을 존중하고 위로했다. 말해지지 않은 하나의 진실이 그것을 가능하게 했다. 서로를 알았지만 모른 척했고, 그것은 서로에게 위안이었다. 그들은 이혼했지만 여전했고, 후회하지도 않았다. 그들은 서로의 공허함에 대해 진실했기 때문이었다. 스스로 욕망하는 것을 아는 것이야말로 삶의 우선순위를 명확히 하고 서로에 대해 배려가 가능해지는 것이다. 혹, 그것을 무엇으로 부르던 상관없을 것이다. 위선이나 허위, 세속이나 속물, 중산층의 이중성이라 붙여진. 어쨌든 그게 삶의 진실한 편에 서 있다는 것이 중요한 진리일 터.

제임스 설터의 전작 『어젯밤』에서 우리는 단문과 단문 사이, 긴 여백의 긴장감을 맛보았던 적이 있다. 한 줄 한 줄 군더더기 없이 압축된 문장의 맛, 적막하고 여운이 길었던 『어젯밤』에서 『가벼운 나날』의 미명으로 가는 듯하다. 제임스 설터의 문장은 아름답기만 하진 않다. 그의 문장은 때론 사색하게 만들고 글을 읽는 독자의 무의미한 시간에 촘촘하게 무늬를 새기는 마력을 지니고 있다. 그의 문장은 초시계와 같다. 일 초를 움직이는 초침이 어쩌나 더디게 움직이는지, 또 얼마나 찰나인지. 무엇을 보고 어떤 것을 생각하느냐에 따라 시간의 여운이 다른 긴장감이 어려 있다. 강렬하면서 짧게 호흡하게 만드는 단문의 매력은 가히 압권이다.

이야기를 보려면 문장이 보이지 않는다. 서사를 읽어 내려면 문장이 보이지 않는다. 대신 시간을 읽으면 문장이 보인다. 외국 작품을 뛰어난 번역으로 읽을 수 있어 독서가 두 배로 즐겁다. 작가의 숨이 잘 번역된 문장에 깃들어 있음이 경이로웠다. 하나 그 경이로움의 방대함이 나를 조금 우울하게 만들었다. 훌륭한 작품 앞에 서면 언제나 펼쳐지는 기분 좋은 자학이다.

고통이 신을 창조했다

—김은국, 『순교자』, 문학동네, 2010

『순교자』는 유령처럼 떠도는 소설이었다. 그런 책, 명성만 있고 실체는 찾을 수 없어서 소설이 가진 진정한 의미보다 필요 이상 확대되거나 혹은 절하되어 소문으로만 떠도는 책 말이다. 내겐 『순교자』가 그러했다. 이번이 그 실존을 확인할 좋은 기회였다. 책을 펴든내내 독서하면서 잊고 있던 설렘 같은 것도 찾을 수 있었고.

이 책에서 가장 먼저 흥미를 느낀 점은 한국계 최초로 노벨문학상 후보에 올랐던 재미작가의 작품이라는 것, 1964년에 출판되어 미국에서 이십 주 연속 베스트셀러에까지 올랐다는 사실이었다. 책도 이력이란 걸 갖게 되면 독자들의 주의를 끌기에 충분하다. 하지만 이렇게 책에 운명 지어진 수식어보다도 그 텍스트 자체의 생명력이 없다면 작품은 존재하기 힘든 법이다. 이제 왜 『순교자』가 순교한 것인지 천천히 책장을 넘겨본다.

나는 이 책을 여행하면서 읽었다. 얼마 전 몽골로 열흘간 여행을 다녀왔는데 책이라곤 『순교자』 한 권만 들고 갔다. 다짐은 열흘 동안 꼼꼼하게 읽기. 두 번도 좋고 가능하면 세 번 읽어도 좋겠다 했었다. 그러나 다짐과는 달리 비행기의 이륙과 동시에 시작한 독서는 여행 내내 더디기만 했다. 내용이 재미없어서가 아니다. 문장이 어려워서도 아니었다. 페이지를 이상하게도 반복해서 읽어야 했기 때문이다. 인물이 쏟아내는 대사와 화자의 서술문 안에 깃든 인간 본성에 대한 철학적이고 근원적인 질문을 곱씹어야만 했기 때문이었다. 작가 김은국이 말하고자 하는 인간의 보편적 주제에 대해 곰곰 생각할 수밖에 없었다.

읽는 내내 기이한 소설이라는 생각이 떠나질 않았

다. 조금 쉽게 감상을 풀자면, 책을 읽으며 뒷이야기가 궁금해죽겠어서 후다닥 빨리 읽어버리고 싶은데, 바로 눈앞에 펼쳐진 문장은 근원적이고 철학적인 문제에 직면해 있어 페이지가 쉽게 넘어가지 않았다. 사실 이 책에서 더욱더 특별한 점은 이야기의 흡인력이 굉장하다는 것인데, 사건을 풀어가는 추리적인 기법, 빠른 전개와 반전, 가독성을 높이는 단문의 문체—옮긴이 도정일 선생의 표현을 빌리자면 건조한 문체 뒤에 깊게 숨겨진 폭발적 열정—는 이 소설이 가진 대단한 위력이라 하겠다.

하지만 그럼에도 어쨌든 천천히, 느릿느릿 『순교자』를 읽을 수밖에 없었다는 이야기로 돌아간다. 끝없이 펼쳐진 대초원 위에서 고통의 근원에 대해 골똘해졌다. 처연한 생각으로 한국이 있는 남쪽 하늘을 바라보았다. 육십여 년 전 발발한 나라의 비극적 상황과 전쟁에 휩쓸려 함몰된 인간성에 대해 생각했다. 고통, 하는 인간으로 내버려두는 신과, 그가 만들어낸 아름다운 풍광과 선선한 바람이 책을 읽는 내내 겹쳐졌다. 자연 위에 남은 인간을 바라보았다.

이성이 거세된 동물적 본성만 남은 인간이 전쟁의 대지 위에 서 있다. 모티프로 작동하는 한국전쟁, 공간과 시간 위에 드러나는 인간의 본성은 처절하다. 소설의 주요 줄거리는 6·25전쟁 직전 평양에서 공산군 비밀경찰에 체포된 열네 명의 목사들 가운데 어째서 두 명만이 살아남았는가 하는 진실을 육군본부 정보처의 이 대위와 장대령이 추적하는 것이다. 결국 정치적 선전을 위해 모든 진실은 위선으로 지켜진다. 순교자를 만들어야만 하는 난처한 진실은 숨겨져야 하는 진실성을 내파(內波)하는 듯 보인다.

신에 대한 문제 제기는 스스로 절망을 품으며 답을 맺는다. 인간이 만들어낸 최고의 비이성적 산물인 전쟁. 전쟁은 인간의 실존을 위협하고 실존은 신의 존재와 맞물린다. 신의 존재 유무는 인간이 겪는 절망과 고통에 대한 고뇌가 만들어낸 허상일지도 모르겠다. '고통의 근원'을 신이 우리 인간에게 준 첫번째 의무라고 읽는다면 오독하는 걸까. 갈등하고 불화를 만들어내는 것이 인간의 본성이고, 고통과 절망이 인간이 지닌 최고의 진실성이라고 읽었다면 소설을 제대로 읽은 것일까. 인간이 겪는 절망은 인간의 동물적 본성, 생존에 대한 맹렬함만을 남긴다.

　그리하여 '실존하는 고통'이 신을 창조한 것은 아니
었을까.

히데를 기다리며 백민석을 읽는다

— 백민석, 『장원의 심부름꾼 소년』, 문학동네, 2001

평소에 잘 듣지 않는 음악을 듣는다. 한때는 열렬했으나 지금은 시끄럽다고 느껴지는 것, 갑자기 떠오른 것은 아니고 근래에 자꾸 이십대의 나를 넘보는 일이 잦다. 음악뿐만이 아니라 가령 패션이라든가 책이라든가 그 시절의 스포츠를 찾아보며 밤새기도 하니, 내 나이는 또 한 시절을 넘어가는가보다. 그런 것들이 눈물나게 그립거나 하진 않다. 실은 잘 기억이 나지 않는다. 기억나는 것만 보고 찾으니 너무 선택적이고 놓치는 게 많지 않은가. 이 또한 중년이 벌이는 하나의 발악이려니. 그런데 하나 깨달은 그 시절의 공통점은, 무엇이든지 정말이지 웅장하고 크다는 것이다. 그들은 무엇을 바라보고 그렇게 큰마음을 먹고 작업을 했는지, 결과만 놓고 보자면 신기한 일이다. 모든 것이 큼지막하다. 소소하고 작고 소곤거리는 아이템들은 잘 보이지가 않는다. 작은 것들은 모두 잊혔는가, 내가 몰라서일 테지만 내 소설만 봐도 그렇구나 깨닫는다. 처음 글을 쓰기 시작했을 때 나는 정말 잡을 수 없는 큰 무엇을 쫓아가고 있었는지도 모르겠다. 그때 쓰면서도 버겁다고 느꼈으니까. 말하고 보니 요즘은 소설을 쓰는 게 마음이 좀 편하다고 느끼는 이유가 그래서인가 싶다. 너바나, 엑스, 레이지어게인스트더머신 등 구십년대 몇 곡을 걸어놓고 정자세로 앉아 책을 뒤적인다.

『장원의 심부름꾼 소년』. 얼마 전에도 학생들과 같이 읽었던 터다. 실은 이 책을 거의 매년 새롭게 읽고 있다. 학교에서 소설창작을 가르치다보니―그런 것을 가르칠 수 있는가 하는 가능성에 회의감이 크지만―어쨌든 소설창작이라는 것이 백민석을 비롯하여 그쯤에서 시작해서 자기 것을 찾다보면 될 일 아닌가 싶어서다. 얼마 전에 한겨레출판에서 나온 개정판이 서가 한쪽에 얌전히 꽂혀 있다. 하지만 나는 이십대 끝자락에 산 초판으로 항상 읽는데, 거기서 풍겨오는 종이 냄새가 더 좋기 때문이다. 책의 표지가 좋기 때문이다. 나는 지독한 비염 환자라 냄새를 잘 맡지 못하는데 가끔 이렇게 꽂히는 냄새에 더 사로잡히곤 한다.

소설의 표제작「장원의 심부름꾼 소년」에서 심부름꾼 소년은 aw의 걸음도 사뿐사뿐 흉내낼 수 있고 목소리도 나직하니 따라 할 수 있으며 밥도 천천히 먹을 수 있고 산책중에 휘파람도 불 수 있었지만 aw가 가진 문장은 결코 구사할 수 없어서 질투가 정점에 달했는데, 백민석을 읽으면 우리는 모두 그 심부름꾼 소년의 심정이 되는 것 같다. 마찬가지로 백민석이라는 샘이 말라버리는 데 이십여 년이란 세월은 짧은 것이다. 백민석은 그때에도 한기로 환기를 시켜주던 마르지 않은 샘이었고 지금도 마찬가지일 터, 그의 소설은 여전하다. 읽으면 읽을수록 뜨끔하다. 요즘 이렇게 솔직하게 물음을 던지는 소설이 드물기에 더욱 그렇다.

백민석을 읽었던 그 맨 처음을 고백하지 않을 수 없을 것 같다. 언젠가 한 신문에 이와 관련해서 짧은 칼럼을 쓴 적이 있는데 소감을 잠깐 빌려오면, 어쨌든 나는

94학번이고 그는 95년에 데뷔를 했다. 나이는 세 살 차이가 난다. 그는 아주 일찍 데뷔를 했고 나는 대학 다니는 내내 그의 소설을 읽었다. 그는 내게 가장 실현 가능하면서 소설의 새로운 방향을 제시하는 지시등 같은 느낌이었다. 구십년대 말 IMF 상황이 가져온 가치관과 정체성의 변화를 예측한 기시감마저 들었다. 그리하여 그의 소설은 새로웠다. 그가 쓰는 거의 모든 것이 이전에는 없던 것들이었다. 기괴함과 괴기스러운 이야기를 읽었다. 혹은 분해되고 해체된 이미지가 한 이야기로 모아졌다.

소설 속에서 언뜻 작가인 듯 보이는 사람도 읽힌다. 소설을 쓰면서 그런 것은 믿을 수 없다는 것을 알게 되었지만 어쨌든 독자로서 읽는 백민석도 있었으면 하던 때가 있었다. 자전적인 이야기가 파편적으로 소설에 드러날 때마다 '이 사람은 좀 냉정하구나' 하는 생각이었다. 소설 안에서 슬픈 것이 진심으로 슬퍼하지 않을 때가 많았다. '난 괜찮아요'라고 말하는 것이 아니라, 정말 '괜찮아' 보였다. 소설에서 작가가 자신의 모습을 그 정도로만 드러내는 일은 어느 수준의 경지에 서지 않으면, 경계를 넘어서지 않으면 어려운 일이다.

새로움을 만든다는 것은 한 흐름을 만든다는 의미일 것이다. 이제야 어렴풋이 그런 것을 깨닫는 나이가 되었다. 백민석의 소설이란 샘에는 이십여 년이 지난 지금 매년 읽어도 마르지 않은 새로움이 있다. 오래전 그 시절 백민석을 떠올리면 당시의 아주 젊은 작가들, 시가 함께 생각난다. 이원, 서정학 같은 시인들. 참 신기해하며 읽었던 기억이 난다. 어떻게 이런 시를 쓰지, 하며 놀랐던 마음을 황급히 감추던 시절, 내가 도무지 다가갈 수 없을 것만 같은 세계를 마주한 당황스러움이 그곳에 있었다. "이해할 수 없는 아름다움"에 매혹되던 시절, 백민석을 비롯하여 그들을 만났고, 여기, 백민석을 비롯하여 여전히 그들을 읽고 있다. 세상은 빠르게 변하고 세월은 많은 것을 바꾸어놓았지만 사람들은 태곳적부터 지금까지 변한 것 없이 여전하다. 그들은 그런 비밀을 일찍이 알아버린 사람들일 것이다. 그나저나 어쭙잖은 글을 쓰다 켜놓은 음악에도 푹 빠져버렸다. 여기 죽고 사라졌어도 여전한 또 한 사람이 있다. 엑스의 기타리스트였던 히데의 세 시간짜리 솔로 라이브를 듣다 정말, 그가 그리워졌다. 오늘의 나는 백민석을 읽으며 그를 기다렸다.

「이별의 재구성」하여 「이별의 재구성」

— 안현미, 『이별의 재구성』, 창비, 2009

정말이지 난감한 청탁으로 마음속에 '총체적 난국'이 일었음이 분명했다. 책장 앞에 서서 책을 딱 한 권 고르려 마음먹은 순간 마음속 여러 스승이 일순 일어서는 것을 느꼈다. 책장에 기대어 나를 내려다보고 있는 그들, 혼자서는 슬그머니 선배라 부르는 일대 미문의 스승님들이 서운한 눈초리를 보내오는 것이었다. 자신의 글이 그 정도 문학의 마음씀밖에는 되지 않는지 묻는 이도 있는가 하면, 이젠 상종도 하지 않겠다 말하는 듯, 돌아서 마음을 주지 않아 나 또한 마음속에서도 멀어진 작가들까지 진심을 궁금해마지 않는 눈초리로 쳐다보는 것 같았다.

책장에 꽂혀 있는 책들에게 눈이 있어 우두커니 쳐다보며 결정을 기다리는 듯했다. 그리하여 두 손을 모아 존경하옵는 내 편력들에게 '이 별'을 고해야만 할 그때, 카프카가 무덤에서 잠시 일어났다 조용히 다시 무덤에 누움으로 총체적 난국의 고민은 종료되었다. 그가 내게 일러준 미문(美文)의 주인공은 가장 최근에 마음속 파문을 일으킨 시인 안현미였다.

시인 안현미의 다른 이름하야 『이별의 재구성』, 이별의 재구성을 위해 꼭 있어야만 하는 두번째 시집의 이름을 보며 맨 처음 들었던 허황된 생각 하나, 첫 번 시집의 이름 『곰곰』을 뒤집으면 문문(文門)에 이르고, 그 문(門)은 드디어 또하나의 별로 갈 수 있는 통로가 아닐까 하는 생각이었다. 그 끝에 생각은 우주로, 미지의 세계로, 동굴로 접어드는 길이 있지 않을까 하는 데 이르렀다. '곰곰'에 이어 '이별의 재구성'에서도 그녀가 꼭 그 길을 열어놓지 않았을까 하는 기대는 자연스러웠다. 그럼에도 혹시나 했었던 미심쩍은 생각은 시집을 열자마자 정말로 별인지 참께인지 '////'처럼 쏟아져내리며 문문(文門)이 환하게 열리는 경험을 주었다.

시인의 말 중, 우주비행사 슈와이카트가 한 말의 변형인 '사랑을 체험한 뒤에는 전과 똑같은 인간일 수 없다!'라는 말은 결국, 사랑은 우주의 체험과 같다는 말씀, 사랑의 발견은 우주의 발견과 동일한 은밀함이라는 것을 시인이 아니었다면 알지 못했으리라. 평범한 사랑의 단상마저도 우주 너머 바깥의 밤 '하나는 많고 둘은 부족한 별의 거북무덤'에까지 빛의 속도로 넘어가서 '합체'를 이루고야 마는 시인의 상상력은 가히 원대한 서사의 꿈마저 생각하게 한다.

문학의 이름으로 얻은 믿음 중 하나, 시인의 몸은 이미 말(言)이고 시(詩)이며 지구 밖 다른 별이라는 진리. 안현미의 시에서도 이는 영원하다. 일상의 고단한 시인의 몸은 이미 말(言)이며 우주로 통하는 문을 놓아가는 과정임을 새삼 깨닫는다.

'낮에는 돈 벌고 밤에는 시 쓰'는, '개미처럼 쓰'고 '까맣게 까맣게 쓰'고 쓰다가, '까맣게 까맣게 언어는 언어를 버려두고' 남은 시인의 고단한 '리라들'의 몸을 읽고 있노라면 그녀의 시는 이미 지구의 언어와는 이별했음을, 이미 그녀가 하나의 별로 우주를 '다다다다' 질주하고 있음을 알 수 있게 된다.

이젠、더이상

— 레몽 장、『카페 여주인』、이재룡 옮김、세계사、1997

사드가 죽고 난 후 그의 몸, 유해는 여러 조각으로 나뉘어져 흩어졌으며 그의 맏아들은 그가 남긴 원고와 글 모두를 불에 태워버렸다. 사드가 죽으면서 남긴 말, 그 유언이 정확한지는 알 수 없으나 그는 '내 무덤의 흔적을 남기지 말아다오. 나에 대한 사람들의 기억은 마음속에서 지워질' 것이라고 말했다. 그러나 사드의 바람과는 달리 사드는 현대사회에 여러 형태로 빈번하게 출몰하게 되었으니 사람들의 기억 속에서 사라질 것이란 그의 예상과는 다르게 더욱 선명하게 부활하곤 한다. 그의 숭고했던 마지막 바람은 사드적으로 실패한 것이 아닐까.

결국 사드는 너무나 현실적인 욕망의 가학만 남기고 간 셈인데, 그 가학이 잠재된 욕망을 욕보이진 않나 하는 생각.

　레몽 장의 『카페 여주인』에 나오는 아멜리는 조그만 시골에서 남편과 작은 카페를 운영하는 평범한 부인이다. 적어도 자송이라는 작가에게 한 통의 편지를 받기 전까지는 말이다. 사람의 욕망은 어디에서 발원하는가. 태어날 때부터 잠재되어 있거나 살아오는 환경에 따라서 사람마다 달라지는가. 삶의 무게에 따라 욕망도 변하는 것이라면 욕망의 정의나 가늠은 쉬워지기 마련이겠지만 살면서 내가 가진 욕망을 발견하거나, 남이 욕망을 들킬 때면 전제했던 그 말은 너무나 터무니없음에 오히려 당황하게 될지도. 사람의 욕망은 모두 한 치의 오차도 없이 정량을 가지고 태어난다. 일찍이 스스로 알거나, 살면서 천천히 버려서 그 무게를 줄이거나, 나도 모르는 새에 가지고 있다가 남에게 들키거나, 넉넉히 충족된 이후에도 더 무겁고 버거운 것을 탐하거나 하는 것이 아닌가. 어쨌든 사람마다 그 크기나 무게나 모양은 같았으나 살면서 사람마다 달라지는 것은 다 그 연유가 있을까 싶다.

아멜리가 받은 편지에는 하룻밤의 동침과 그 제안의 대가가 적혀 있다. 편지를 보낸 사람은 꽤 유명한 작가인 쟈송으로 그는 새로운 자신의 욕망을 숨기지 않고 자신의 욕망에 대한 합당한 가격을 추산하는 데 거리낌이 없다. 소설에서는 갈망하는 자와 받아들이는 자, 구경하는 자 모두의 욕망의 값은 다르게 나온다. 욕망하고는 있는지 모르는 무지한 사람과 염탐에 매료된 자들, 이 소설의 맹점은 쟈송의 사드적인―쟈송만이 욕망하는 것에 솔직하고 합당한 값을 매기고자 한다―욕망의 지배 형태. 쟈송은 여러 형태로 사람들의 욕망을 욕보이며 지배한다. 곧 이것은 소설의 중심과 맞아떨어지는 욕망의 근원에 대한 질문일 것이다.

결국 아멜리는 무엇을 욕망하는지 채 알기도 전에 그 무게에 뒤틀려 마을을 떠나 그를 찾아 파리로 향하지만 쟈송은 제한된 시간을 이유로 냉정하게 그녀를 거부한다. 아멜리 자신이 무엇을 욕망하고 갈구하는 것이었는지를 안 다음의 시간은 이미 이젠, 더이상 욕망의 시간이 아니다. 뤼시엥은 아무 일 없이 탈선하지 않고 돌아온 아멜리를 기쁘게 받아들이지만 과연 아멜리에겐 아무 일도 일어나지 않은 것일까. 이젠, 더이상 욕망이 없

어졌음에 안도했을까. 과연 욕망을 마음속에서 스스로
덜어낼 수 있을까, 소설은 질문한다.

참회와 속죄 사이

— 이언 매큐언, 『속죄』, 한정아 옮김, 문학동네, 2003

소설이라는 것, 작가가 독자에게 던지는 끝없는 질문의 연속. 좋은 작품이라면 자다가도 벌떡, 미처 몰랐던 물음이 떠오름. 그래서 자다 벌떡 일어나 던진 질문 하나, 왜 제목이 '참회(confession)'가 아니고 '속죄(atonement)'인가 하는 것. 그것 사이에는 '구원'이 있기 때문. 사랑은 온전히 이해하지 못한 사람, 오해한 사람의 몫. 즉 제목이 참회가 아니고 속죄인 까닭. 고로 사랑으로 구원받은 자는 오해한 자, 브리오니? 이건 답이 너무 쉽잖아. 다시 자던 잠을 청해야 하는 건가.

브리오니의 소녀 시절 이해할 수 없었던 세실리아와 로비의, 어른들의 사랑, 그에 비롯된 오해는 완벽한 사랑을 갈라놓았으니 더 완벽해져가는 사랑. 오해는 전쟁도 일으켜 둘을 갈라놓아 영원의 침묵 속에. 죽음 속에 침잠. 온전한 사랑을 기억하고 있는 사람은 소녀에서 성숙한 여자로 변해가는 브리오니뿐. 그렇다면 로비와 세실리아의 사랑은 완벽한 것인가 하는 물음. 돋보이는 건 단지 오해가 둘을 떨어지게 만들었기 때문? 사랑은 언제나 진행형이라는 비극. 브리오니의 속죄, 사랑의 구원은 점점 완벽해지거니와 완벽했던 사랑의 깨짐은 필수, 이제 사랑은 숙명의 길로. 언제나 그렇듯이 오해는 사랑을 더욱 절실한 비극으로.

로비는 자신의 숙명을 사랑으로 이해. 전쟁은 인간의 가진 원초적인 사랑을 파멸로 이끄는 주인공, 로비는 파멸의 한복판에서 미처 절실하지 못했던, 적극적이지 못했던 사랑에 대한 참회에서 원망 대신 사랑의 운명을, 브리오니의 오해에서 비롯된 또하나의 사랑을, 죽음 안에. 오, 세실리아!

그런데 이상한 건 브리오니가 사랑을 깨닫고 드디어

사랑으로 구원받는 장면, 조금은 엉뚱한 장면에서 느끼게 된 것. 이것이야말로 작가적인 역량. 생사를 넘나드는 병원에서 병사들이 보여주는 생의 의지, 죽음 언저리에서 맴도는 삶과 나누는 잔잔한 대화는 소설에서 빛나는 최고의 선율. 브리오니는 비로소 자신의 오해에서 비롯된 아니, 소녀 시절 이해할 수 없었던 사랑에서 시작된 오해에 대한 속죄가 인간의 죽음과 생의 문제까지 다다른 것. 진정한 오해의 발견, 파편에 반쪽 머리가 날아간 프랑스인 병사와 나누는 대화에서. 브리오니는 '차갑고 매끈한' 죽음의 손을 잡아줌으로 완벽한 죽음과 생과, 사랑의 조화. 브리오니가 만약 소년이었다면 이 조화로움은 없었을 듯. 브리오니가 여자이고 간호사였기에 조화로움이. 이제 성숙하게 된 여자의 사랑이.

반전, 반전은 소설 안의 소설, 소녀였던 브리오니가 어렸을 적에도 글쓰기에 온 열정을 쏟아붓더니 결국 소설가로 늙었다는 것. '소설가가 결과를 결정하는 절대적인 힘을 가진 신과 같은 존재라면 그는 과연 어떻게 속죄를 할 수 있을까?' 하는 물음. 꼭 내게 묻는 것 같네. 잠이 번쩍, 다시 일어나 앉아 '소설가 바깥에는 아무도 없다' 되뇌어보지만 벌써 이른 아침, 사랑은 어려워. 속죄도 어려워. 그러니 구원 없는 '참회', 사랑에 대한 참회에서 멈추었더라면 잠이나 편히 잤을 것을 하는 생각뿐. 졸린 눈과는 상관없이 선명해지는 잔상들.

한 시절의 부름을 받는

— 조경란, 『식빵 굽는 시간』, 문학동네, 1996

급한 원고가 있거나 소설 마감이 있을 때 나는 집 앞 스터디카페를 이용한다. 젊은 친구들이 밤새 공부하는 것을 보면 시간을 잊기도 하고, 에너지를 받는 느낌이 들기도 한다. 오래전부터 도서관에서 소설을 쓰던 버릇이 여전한 이유도 있고, 틈틈이 책을 읽기에도 좋은 공간이기 때문. 달라진 것이 있다면 이제 밤을 새며 앉아 있기 힘들다는 것, 초저녁 일찍 자고 일어나 한밤중에 일을 하거나 새벽 카페에 나온다는 것, 잠이 줄었다는 것이다. 딱 눈과 책과의 거리, 노트북 화면과의 거리가 힘들어졌다. 활자가 어른거리며 날아다니는 시력이 되었다는 것인데, 근래 찾아온 안경을 벗어야 잘 보이는 이 현상이 새삼 신기하게 여겨지는 때다. 창밖에 서서히 동이 트고 있다.

간만에 밤새 책을 읽었다. 하지만 흩어지는 활자를 붙잡는 데 어려움이 없었다. 잘 읽혔다는 말씀. 이어폰을 꽂고 옛날 노래를 듣는다. 김동희의 〈썸데이〉를 들으며 『식빵 굽는 시간』을 기다린다. 저 아저씨는 이 새벽에 무슨 일을 하나, 이상한 듯 나를 힐끔거리던 학생들도 모두 집으로 돌아가고 스터디 카페를 홀로 지키는 시간이다. 이제 날이 훤하다, 아침이다.

내가 이 책을 처음 읽었을 적엔 스물셋, 용인 에버랜드에서 일하고 있을 때였다. 96년 11월, 군대 가기 직전까지 그곳에서 일했으니, 맞을 것이다. 떠올려보면 내게도 그런 시절이 있었다. 근래 SNS에서 돌아다니는 짧은 영상 중에 에버랜드 아르바이트생의 영혼 없는 멘트가 인기를 끄는 것을 보며 잠시 그때를 떠올린다. 불안하고 모든 것이 흔들려 보이던 시절, 내가 머물러 있는 곳과 가야 할 곳이 동떨어져 있어서 아무것도 가늠할 수 없던 때였다. 셈해보니 벌써 이십오 년이 넘었다.

입대하기 위해 학교를 휴학하고 여전히 학교 주변을 떠돌던 그해, 기억에 남는 사건 하나는 문학동네작가상이 생긴 것인데, 그런 등용문이 생겼다는 것보다도 원고 분량 때문에 뇌리에 남았다. 경장편의 분량이 좀 낯설게 느껴지던 것이 떠오른다. 쓴다는 데 엄두를 내지 못하던 시절, 읽다보면 쓸 수도 있겠거니 하던 때, 그해 나는 한겨울 입대하기 전 이상한 소설 두 권을 읽었다. 조경란, 김영하의 제1회 문학동네작가상 수상은 기억에 그렇게 남아 있다.

어른들 말로 몇십 년 전이 엊그제 같다는 것 믿을 수 없었는데 이제는 믿는다. 어떤 일이나 시간은 너무 또렷해서 자꾸 시절을 헷갈리기도 하는 것, 그해가 내게 그런 듯하다. 이제는 망각으로 넘어간 많은 일이 있기도 했으므로, 이 책은 그 망각의 기억인 셈이다. 돌아보면 이 책을 읽던 그때가 참 특별하게 여겨진다. 전에 없던 새로운 소설을 읽었으니, 그 기억이 크기만 하다.

이십육 년 만에 조경란의 소설을 다시 읽었다. 근래 구십년대 소설을 찾아 읽다보니, 자꾸 어렸을 적 한때에 머문다. 문득문득 떠오르는 부끄러움을 누군가 눈치

챌까, 마음속에서 서둘러 감춘다. 이젠 기억으로만 남은 사람들, 이름을 떠올려보아도 기억나지 않는다. 상상이 만들어낸 사람처럼 희미하게 남은 이들을 떠올려본다.

『식빵 굽는 시간』은 과거를 선연하게 만드는 힘이 있는 소설이다. 촘촘한 문장의 여유로움, 소설은 쓰는 것이고 읽는 것이다, 라는 너무 명징한 문장을 되새겨주는 소설이다. 소설은 입체적이라는 것을, 소설은 문장으로 말하고 있다. '나는 내 한계를 분명하게 규정한다. 내가 쓸 수 있는 것과 없는 것'에 내 시선은 멈추어 선다. '내가 쓸 수 있는 것은 아주 사소한 것들'이란 문장 사이 간극에 나는 머무른다. 어디선가 빵 굽는 냄새가 풍기는 것 같아 주위를 두리번거린다. 빵을 사기 좋은 시간, 빵집에 들러 아주 천천히 그 냄새를 맡으며 오랜 기억을 산보하는 길, 식빵 굽는 시간이다.

디테일에 악이 산다고 했던가, 이 소설을 두고 하는 말 같다. 끈끈하고 디테일한 묘사는 우리가 미처 깨닫지 못하고 지나쳐버린 것들을 복기시켜준다. 소설의 치명적인 매력이다. 식빵 굽는 시간은 아주 천천히 일상을 돌아보는 경험을 선사한다. 책 읽는 하루는 빠르기도 하고 더디기도 한데, 급한 마음을 독려해 아무리 빨리 소설을 읽으려 해도 문장이 자꾸 눈을 붙잡는다. 왜 이런 소설이 다시 좋아지는지 알 길이 없다. 미처 어렸을 적엔 읽어낼 수 없는 것을 읽고 있다. 이런 것을 관조라고 부르던가, 한 발 비껴 서서 일상을 바라보는 것, 말하는 것, 소설의 일이고 삶의 방향을 잡는 데 중요한 과정 말이다.

엄마와 딸의 관계에 대해 가늠해본다. 알 수 없는 세계에 들어선 기분이다. 모른 척해야 맞는 일들을 왜 그리 아는 척하며 살아온 것일까, 자문해본다. 중요하다고 여겼던 관계에 대해, 풀 수 없는 인간 서사의 간극에 대해 반성해본다. 그렇게 독립을 꿈꾸었던 젊은 날에 대해 상상해본다. 뭐가 뭔지 모른 채 흘러와버린 시간을 더듬어본다. 이 소설에서 꼬이고 꼬여버린 운명의 이야기는 실상 별 의미가 없다. 이 소설은 이야기를 읽는 것이 아니라 '나'를 읽게 하는 것이므로 무의미하다. 그런데 생각해보면 작가, 그녀도 어렸다. 이 소설을 스물일곱에 썼는데 어떻게 이런 품을 소설에 부려놓았는지 놀랍다. 그러면서 작가의 전성기는 늙음과 젊음에 있지 않다는 생각이 든다. 작품은 작가를 언제나 전성기인 불멸로 만들 것이란 생각을 해본다. 오래오래 읽히는 작가가 되는 것, 그리하여 죽어도 죽지 않는 영원 불멸의 문학으로 남는 것, 이렇게 시간이 지나도 붙들려나와 읽히는 책, 작가가 되는 것이 쓰는 모든 자의 염원 아니던가.

『식빵 굽는 시간』은 요즘은 드문 소설의 미덕을 품고 있다. 소설은 조금 더디고 찬찬히 세상 너머를 바라보고 있다. 내 밖에 있는 사람들의 삶에 대해 어떤 애정을 품고 바라보는가, 자문해본다. 문득 그녀가 썼던 소설의 한 문장이 떠올라 그녀의 다른 책을 뒤적인다. 당시 쓸 엄두는 없었으나 언젠가는 그런 날이 올 거라 믿고 싶어, 새로 등장하는 작가의 첫 소설을 훔쳐 읽던 시절, 조경란의 단편 「불란서 안경원」 이십오 년이 지났어도 지워지지 않는 문장 하나가 떠오른다. '세상을 12자, 8자 통유리로 들여다보고 이해하는' 안경원에서 일하는 여자의 하루를 묘사하고 있는데, 그 하루는 일생으로 읽힌다. 듣고 있는 노래 탓인가, 정미조의 〈석별〉이 흘러나온다. 한 대목을 적어보면 '그댈 보는 내 마음 부족함이 없으니. 오늘 우리 헤어져도 괜찮을 것 같네.'

우리는 저리 작은 통유리로 세상을 바라보며 하루와 헤어지고 있는 게 아닌가. 이별한 하루하루가 모여 일생이 되고 끝내 마지막 하루가 되는 그날이 멀지 않음이 우리 인생이 아니던가.

근래 한 대학원생이 이런저런 소설 쓰는 고민을 털어놓아서 내놓은 답은 "조경란을 읽어보렴"이었다. "누구요?" 되묻는 말에 잠깐 멈칫했던 식빵 굽는 시간. "지금이 조경란을 읽을 시간이야. 지금 너에게 필요한 책이야. 급한 마음을 붙잡는 소설." 대답하며 그간의 시간이 조금 빨리 흘렀나 싶었던 대구의 한여름, 덥다. 어디선가 빵냄새 풍겨온다.

사랑과 열정 사이, 그가 서 있다

— 조용호, 『여기가 끝이라면— 조용호의 나마스테』, 작가、2018

그를 오랫동안 보아오면서 내 마음속에는 그에 대한 잔상이 남아 있는데, 그 정체는 비애감이다. 그런 것을 사랑해도 된단 말인가. 실은 그런 연유로 쉽게 이 글을 쓰지 못했으나 어떻게든 이번에는 나도 그에 대해 고백 같은 것으로라도 남겨야겠다, 마음먹었다.

그는 언제나 멀리 있으나 옆에 있었고 가깝게 있었으나 멀리 있었다. 그에게서 나오는 비애스러움은 그곳에서 발원한다. 그의 글은 가장 문학적이나 비문학적이어야만 하고 감성적이나 이성적이어야만 하는 그 중간에 놓여 있었다. 노발리스가 그랬던가, 소설이란 허구와 진실의 중간에 위치해야만 하는 것이라고. 그런 의미에서 보면 그의 글쓰기는 소설적이지 않은 게 없었다고 말해도 좋겠다. 수십 년 문학담당기자로 살아오며 더불어 소설을 쓰는 삶에 대해 나는 잘 알지 못한다. 그 중간의 삶은 오로지 소설 안에만 위치한다. 결국 하나의 진실한 삶을 담기 위해 아흔아홉 개의 삶이 허구적으로 동원되는 것이 소설이라고 할진대, 그는 글쓰기 삶 자체로 소설이 가진 진의를 몸소 실천해온 것이 아닌가, 그리하여 그 비애감이 언제나 그 언저리에 항상 어려 있었던 것이 아니던가.

한밤중, 그를 신도림에서 만난 적 있다. 그와 단둘이 마주앉아 급하게 소주를 나누었다. 우리에겐 오랫동안 미뤄왔던 숙제였다. 그와 나는 가끔 바다 낚시를 함께 하는데, 바다 아닌 곳에서 만나는 것은 꽤 오랜만이었다. 그를 만나러 서울로 가는 길, 기차 안에서 그와의 인연을 떠올렸다. 그를 알게 된 지 벌써 십칠 년이 넘었다.

그는 나와 동향이다. 석양빛을 먹고 자란 식물적 성

향이 비슷하다고나 할까, 마음속에 매일 허물어지는 시뻘건 노을을 품고 사는 것이 우리의 같은 운명이라면 인연은 그만큼 깊다고 할 수 있을지도 모르겠다. 오래전 그의 누이들과 함께 전주에서 자리한 적이 있다. 나는 그때 조금 놀랐는데, 평소 말수 적고 부끄럼 많은 그와는 달리 전주 누이들은 쾌활하고 유쾌하기만 했다. 이상도 하지, 가맥집에서 울려퍼지던 그의 민요 한 가락이 지금도 구슬피 귓가를 맴돈다. 유쾌하기만한 자리였는데 말이다. 굳이 말을 꺼내지 않았지만 신도림에서 그를 만나고 처음 떠오르는 것은 그 광경이었다. 또 원주 토지문화관에서의 하루도 떠올랐다. 그게 그를 처음 본 날이었다. 밤새 눈이 그칠 줄 모르고 내렸던, 그 밤, 우린 싸웠다. 그래서 그런지 사랑은 쉽게 시작됐다.

신도림의 한밤중이 가기 전에 그간 쑥스러워 미뤄둔 물음을 그에게 던졌다. 그런데 문제가 생겼다. 그가 여간 부끄러워하는 게 아닌가. 그 많은 사람을 만나 작품과 작자의 인생의 깊이를 재던 그가 인터뷰를 당하는 것이 영 쑥스러워, 그는 술잔을 연거푸 기울이기만 하였다. 우린 아직 출간되기 전의 책 뒤풀이를 했다. 너무 기뻤는데, 그가 그간 쏟은 시간의 글품이 그냥 사라지지 않은 것이 그랬다.

그가 연재되고 있는 글을 페이스북에 꾸준히 올렸기
에 대부분은 놓치지 않고 읽었다. 그의 글은 작품을 읽
어내고 작가의 진의를 파악하는 1차적인 독법에서 벗어
나 있다. 책을 소개하고 작가의 의도를 전하고 작품을
설명하기보다 근원적이랄까, 방향성이랄까, 그런 길을
찾는 게 좋았다. 그가 향하는 문학적 시선이 따뜻하기
만 하다. 거기에 시간이 더해진 그의 글은 깊고 풍요롭
다. 연재물이 나올 때마다 더 넓어지고 너그러워졌다.
그가 다룬 백 명이 넘는 다양한 작자들은 소설가를 비
롯해 에세이스트, 가수, 요리사 등을 넘나든다. 그 안에
펼쳐진 그들의 세계를 넘어 작가의 품성을 품은 글들이
혹 소모적인 것이 되지 않을까 우려도 되었던 게 사실
이었으나, 그는 문학 담당 기자이기 전에 작가이다. 소
설가의 몸을 쓰는 일로 그는 성실한 사람이다.

이 책이 그에게 위안이 되면 좋겠다. 소설가가 소설
을 쓰지 못할 때 갖게 되는 자괴감에 대해서는 나도 좀
아는 바가 있다. 문학이 작가와 독자가 주고받는 위안
과 위로의 소통창구라는 데 그 효용이 있다면 그가 이

제껏 쏟은 문학에 대한 사랑과 열정에 대한 시간에 위안이 놓이면 좋겠다. 이제껏 그는 문학이 과정만 있다는 진리에 성실한 사람이었으니 말이다.

쓴다는 것은 읽는다는 것 이후가 순차라면 그는 가장 많이 읽고 쓰는 사람임이 분명하다. 그에게 본인 소설에 대해 말하는 것이 조심스럽다. 많이 읽으니 쓰는 것에 대한 자각과 되돌아봄의 자기 순환에도 순도를 높일 것이 분명하니 그렇다. 그가 소설가로 돌아올 때 말에 순정이 어린다. 소설가 둘이 만나 술잔을 기울이니 밤이 깊어질수록 화제는 소설만 남게 되었다. 소설에 대한 애정과 열정이 지난날의 소설과 아직 나오지 못한 것에 더해져 새벽이 다 가고 있었다.

작가는 글을 쓸 때 쓰지 못한 다른 글을 떠올리곤 한다. 그의 심정이 새벽 넘어가는 다른 날을 일깨우는 듯 맑기만 했다. 사람 모두 그렇겠지만 인생의 분기점도 있고, 그런 것을 극복하고 넘어서는 시절도 있다. 문학하는 사람은 그런 과정 또한 문학 안에 있을 것이다. 그런 관점에서 '조용호의 나마스테'는 한 시절을 현명하게 넘어가는 읽기와 쓰기의 분기점이 될 게 분명하다.

오랜 시간, 문학에 대한 사랑과 열정 사이 그는 항상 서 있었으니, 문학이여, 그에게 평안과 위안으로 도달하여라. 나마스테!

신화의 숲에 남은 위험한 나무

— 이응준, 『무정한 짐승의 연애』, 은행나무, 2021

글을 쓰기 전에 손톱을 깎는다. 하나의 의식이라기보다는 끝내, 마지막까지 지금 이곳으로부터 도망갈 틈을 포기하지 않고 찾는 일이라고 하는 게 맞겠다. 손톱을 깎으며 뭘 써야겠다 생각을 하진 않는다. 방금 읽었던 소설의 잔상을 붙잡는 중이다. 그러면서 손톱을 깎는 일을 살면서 몇 번이나 했을까, 한 주에 한 번은 깎았을까, 이 주에 한 번? 나이 곱하기 오십 주를 하면서 얼추 셈을 해보다가, 방금 읽었던 소설 속으로 들어가본다. 인물이나 스토리를 들여다보다가, 손톱을 깎은 뒤 느낌은 언제나 왜 이렇게 낯설고 싫을까, 머릿속이 복잡해진다. 또 낯선 느낌에 곰곰 생각해본다. 어쨌든 도망가고 싶다, 아무것도 쓸 수 없다는 것을 깨닫는다. 소설에서 쉽사리 빠져나오지 못한다.

완벽한 소설이란 없다. 소설의 인물은 불완전할 수밖에 없다. 그런데도 자꾸 소설에 미처 드러나지 않은 인물의 인생, 이면을 상상한다. 소설은 소설로 말하고 독자는 책을 읽으면 그만인데 왈가왈부 연유를 소설에 덧붙이는 게 무슨 소용인가, 생각의 끄트머리를 붙잡는다. 특히 이응준의 소설은 더더욱 그렇다. 점점 소설에 대해 할말이 사라진다.

이응준의 소설은 손톱을 깎고 난 뒤 느끼는 이질감과 비슷하다. 익숙하지만 낯선 소설이다. 익숙한데 익숙한지 모르고, 낯선데 낯선지 모르는 세상의 뒤꼍이 그의 소설에 있다. 그것을 무어라고 부르든 상관없으리라, 그것은 고통의 다른 이름이고, 비관이나 허무의 다른 모양새다. 그것이 아름다워 보인다면 낭만이라고 불러도 좋겠다.

소설이란 있지만 없는, 없지만 이미 존재하는 실존임

은 변하지 않는 사실. 우리의 생이 모두 그 소설의 언저리에 자리잡고 있으니, 이응준의 소설을 읽는다는 것은 소설의 실존을 목도하는 경험이다. 순전히 소설에 빠져들던 처음을 떠올려본다. 어김없이 이응준이 기억 속 맨 처음이었다.

하지만 매번 그의 소설에 대해서 말하기 어려웠다. 그래서 한 계절 또 틈틈이 이응준을 읽었다. 노트에 적은 한 문장은 '이 쓸쓸함이 너무 아름답다, 그때에는 고통인 줄 알았는데, 참으로 아름다웠구나.' 한없이 평범하고 더는 할말이 없는 이 한 문장이 몇 계절 동안 나를 붙잡고 있는 전부였다. 떨쳐내고 싶은데 벗어나고 싶은데 악착같이 내 몸에 따라붙는 소설을 읽는다는 것이 꼭 그의 소설 제목처럼 '달의 뒤편으로 가는 자전거 여행' 같았다.

그렇다, 나는 여전히 이응준의 소설에 대해 아무런 할말이 없다. 죽음에 대해, 살아 있는 슬픔에 대해 '달갑지 않다'는 고백 외에 더는 무엇이 있을 수 있으랴. 소설에 관해 얘기하는 것은 좋거나 나쁘거나 재밌거나 재미없거나 슬프거나 공감하거나 같은 1차적인 감정 표현만으로는 불가능하다. 그렇다면, 그렇다고 생각하니 더 할말이 없어진다. 더더군다나 이응준의 소설은 그렇게 말해질 수 없다. 누군가는 이를 미학적이라고 하고, 혹자는 거창한 수사를 동원하여 논리적으로 미화할지 모르지만, 지금 책을 덮고 소설을 떠올리자니 이 순간의 감정은 다른 쪽을 향하고 있음을 깨닫는다.

예전의 한 기억이 떠오른다. 오래전, 동갑내기 작가 K가 내게 했던 말이 지금도 가슴에 살포시 앉아 있다. 그 말은 깃털 같아서 금세 날아가버린 줄 알았으나 이런 소설을 읽을 때면, 잊을 만하면 가볍게 떠올라 내 주위를 멀리 벗어나지 않고 떠돈다. 소설가 몇몇이 대낮부터 술잔을 돌리며 지루함을 즐기고 있던 차였다. "넌 소설이 무엇이라고 생각하니?"

나는 소설이 무엇인지 잘 모르겠다. 살면서 누구도 내게 그렇게 묻는 사람이 없었으니 대답이 있을 리 없었다. 나는 그때도 지금도 그 질문 앞에선 대답하기를 멈칫한다. 그는 묻고 바로 스스로 답했다. "소설은 이야기가 아니야, 소설은 느낌이지. 우리가 이야기로 읽은 것은 느낌으로밖에 남지 않으니까."

나는 당시 그 말을 부정했으나 지금은 생각이 다를 수도 있겠다. 이야기는 느낌으로 남는다면 쓰는 이는 느낌으로 이야기를 만드는 것이라 말할 수도 있으니까. 소설은 느낌의 순환이고 거기서 이야기는 탄생한다는데 나는 그런 것을 '시'라고 알고 있다. 시와 소설은 같이 있되 같이 없는, 등이 붙어 서로의 이면을 탐닉하는 사이 아니던가. 이응준의 소설은 서사가 진행되는 동안 시 쪽에서 소설 쪽으로 움직이며, 책을 덮은 뒤에 어느새 그 무엇은 시 쪽으로 다시 옮겨가고 있는 '느낌'을 발견하게 한다. 이응준 소설이 가진 힘은 그 서로를 받치고 있는 이면의 힘에서 나오는 것이 아닐까. 그것은 문장으로부터 시작된다. 구십년대 소설을 좀 읽어본 이라면 누구나 인정하듯 이응준의 문장은 특별히 아름답다. 생의 고통이 처연하다. 살아 있음으로 쓸쓸함이 크다. 더 비관적이고 허무한 삶의 언저리와 어쩔 수 없는 인생을 보전하고 있는 세상의 광폭함이 아름답다. 더는 살지 못하겠노라고, 이 세상과 그것을 둘러싼 인간의 추악한 처절함을 더는 두고 보지 못하겠다고 말하면서도, 어쩔 수 없이 사랑할 수밖에 없는 애증의 모양새가 그러하다.

무는 무가 유하다는 얘기다. '없음'으로 있고, 존재하지 않으므로 존재한다. 삶에 대한 질문은 여기로부터 출발한다. 소설은 그 질문을 담는 장르다. 뭔가를 잊어버리지 않는다는 것은 기억하고 있다는 말은 아니다. 세기말적 허무주의는 이십 세기 전 지구에 창궐했던 이데올로기나 이념으로부터의 해방을 꿈꾸는 욕망의 한 측면이었을 것이다. 탈이념과 해체를 염두에 둔 자유에 대한 인류의 의지이고 소설의 출발도 거기에서 같이 하고 있을 것이다. 허무주의, 이십 세기가 과거의 유물로 묻힌 지도 이십 년 넘게 흘렀다. 세상은, 인류는 우리가 염원하고 욕망했던 대로 탈이념하여 자유를 얻었는가. 이 세상은 앞으로도 영원히 변하지 않을 것이다. 우리가 신화에서 읽어냈던 인간사가 수천 년이 흘렀어도 여전히 유효하고 사라진 신화가 되지 않은 것이 그 증거다. 이응준의 소설에 짙게 밴 허무와 쓸쓸한 아름다움은 그리하여 이 세기를 넘어 한국문학의 신화의 숲 한자리에 여전히 위험한 나무로 남게 될 것이 분명하다. 변하지 않는 인간의 광폭한 세상이 소설을 뒷받침할 것이다.

눈물의 의미

— 곽수인 외 39인、 『엄마。 나야。』、 난다、 2015

한 해가 저물어가는 즈음, 쓸쓸하고 또 정겹다. 날카로운 바람이 목깃을 파고들면 지난해 가슴 아프고 저렸던 한순간이 눈앞에 떠오른다. 몸은 움츠러들고 집으로 향하는 걸음은 빨라진다. 온기 가득한 방에서 식구들과 둘러앉아 따뜻한 저녁을 먹는다. 일 년 새 부쩍 자라 어른스러워진 아이들을 보며 흐뭇한 웃음이 이미 와버린 봄처럼 흐른다. 내년엔 지금보다 형편이 좀 나아질 거야, 스스로 위안 삼는다. 그럼에도 저녁 입맛이 쓸쓸하기만 하다.

따뜻한 책 한 권을 연말, 위안이 필요한 모든 이에게 선물하고 싶다. 아쉬웠던 지난해의 허무와 불안으로 또 새해에 대한 희망으로 가득차 있는 한 해의 끝, 이 시집을 여러분 모두에게 읽어드리고 싶다. 『엄마. 나야.』. 세월호로 세상을 떠난 단원고 아이들 서른네 명의 목소리를 시인들이 받아 적은 시집이다. 치유 프로그램으로 진행된 아이들의 생일모임에서 아이들의 시선으로 쓴 '육성시'를 모은 시집이다.

엄마. 나야. 시집의 제목 앞에서도 우리는 멈칫한다. 투정과 불만 가득했던 지난해가 무뎌지는 순간이다. 이 시집의 지은이는 서른네 명의 아이들이다. 아이들의 육성시를 쓴 시인들의 이름은 시 맨 마지막에 작은 글씨로 적혀 있다. 배려가 가득한 시집이다. 마음속으로 전해오는 아이들의 목소리를 듣는 것도 많이 아팠을 텐데, 참 고맙다. 우리 시인들 대단하다. 견디기 힘든 시간이 분명 있었을 텐데, 참 감사하다. 사실 문학이 별건가, 이런 목소리를 같이 듣고 공감하게 만드는 것이 다 아닌가. 시가 주는 위안이 여기에 있다.

온전히 아무렇지 않게 아이들의 목소리를 들을 수 있

는 사람은 없을 것 같다. 시를 펴든 순간, 우리는 물론 슬프고 아프다. 채 몇 페이지가 앞으로 나아가지 못한다. 시 몇 줄을 읽고 맨 앞에 달린 아이들의 사진을 본다. 눈물이 번진다. 아이들은 여전히 밝고 사랑이 가득하다. 그게 너무 아프다. 아이들은 지상에 살아남아 아무렇지 않게 살고 있는 우리를 위로한다. 이제 슬퍼서 우는 것이 아니라 따뜻해서 우는 것이다. 눈물의 의미는 그런 것일 터이다.

아빠 나 보고 싶어 뒤척일 수도 있겠지만 노래 불러요 부르고 나면//나 만난 것처럼 나 만진 것처럼 괜찮아질 거예요//생각할 때마다 가슴이 따끔거리는 내 사람들//사랑은 언제나 온유하며, 사랑은 언제나 온유하며, 사랑은 언제나 온유하니까 괜찮을 거야

—그리운 목소리로 2학년 2반 故양온유가 말하고,
시인 박연준이 받아 적은 「온유 소리」 중에서

이 시집의 울림이 큰 이유는 위로받아야 할 아이들이 우리들 위로하고 있다는 데 있다. 미안하고 죄스러운 마음을 아이들이 다독이는 데 있다. 시가 그렇고 문

학이 그런 것 아니겠는가. 위안을 주고 공감을 주는 것.
그러니 아이들은 목소리는 곧 시다. 시는 듣는 것이고
느끼는 것이다.

책에 대한 소개를 이 문장보다 더 잘할 수 없을 것 같
다. '아이들은 얼마나 말하고 싶었을까요. 귀를 쫑긋 세
우고 마음을 활짝 연 채 시인들은 아이들의 목소리가
찾아들기를 몇 날 며칠 기다렸습니다. 누군가에게는 불
쑥 찾아왔다고 했고, 또 누군가에게는 쉬이 찾아들지
않아 몸살을 앓아야 했던 이도 꽤 되었다고 했습니다.
어찌되었든 다행스러운 건 지금 이 한 권의 책이 증명
하듯 아이들과 우리들이 손에 손을 맞잡을 수 있었다는
사실이지요.' 시집을 만든 김민정 시인이 쓴 후기의 한
부분이다.

세월호 청문회를 보며 가장 답답했던 것은 참회와 반
성이 없다는 것이었다. 그런 사람들이야, 그냥 그렇게
살다가 고통스럽게 죽기를 바란다. 참회와 반성은 남을
위한 것이 아니라 스스로를 위함이니 말이다. 그렇지
않은 사람들은 이 시집을 눈 부릅뜨고 읽어보자. 위안
과 위로가 필요한 이들에게 이 시를 선물해보자. 다른

어느 해 연말보다도 다정을 품은 겨울에 안길 것이다.
아이들의 시를 나누어 우리끼리 따뜻한 겨울을.

왜 글은 쓴다고 해가지고

ⓒ 백가흠 2024

초판 1쇄 인쇄 2024년 6월 23일
초판 1쇄 발행 2024년 6월 30일

지은이 백가흠
펴낸이 김민정
책임편집 유성원 편집 김동휘 권현승
디자인 퍼머넌트 잉크
저작권 박지영 형소진 최은진 서연주 오서영
마케팅 정민호 박치우 한민아 이민경 박진희 정유선 황승현
브랜딩 함유지 함근아 고보미 박민재 김희숙 박다솔 조다현 정승민 배진성
제작 강신은 김동욱 이순호
제작처 천광인쇄사

펴낸곳 (주)난다
출판등록 2016년 8월 25일 제406-2016-000108호
주소 10881 경기도 파주시 회동길 210
전자우편 nandatoogo@gmail.com
페이스북 @nandaisart ㅣ 인스타그램 @nandaisart
문의전화 031-955-8865(편집) 031-955-2689(마케팅) 031-955-8855(팩스)

ISBN 979-11-94171-00-3 03810